HARTE ZEIT.
HEIMLICHE MILLIARDÄRE: CASIMIR
Milliardäre auf der Flucht: Buch 2
Von
Blair Babylon

Ins Deutsche übersetzt von
Carola Beck

Rox hat ein Problem: Als sie in der Anwaltskanzlei eingestellt wurde, hat sie ihrem unglaublich heißen Boss Cash erzählt, dass sie verheiratet wäre. Was nicht stimmt. Jetzt, drei Jahre später, wohnt sie notgedrungen bei ihm, und er ist der perfekte Gentleman – leider ...Er will sie gar nicht mehr gehen lassen.

∽

"Diese Story ist der Hammer! Die Charaktere sind der Wahnsinn. So sympathisch rübergekommen und gut gestaltet. Die Handlung finde ich super!! Ich kann diese Story nur empfehlen!!!!!!!!!!" — Misty, Amazon Review

∽

"Ich habe die drei teile nun in 1 1/2 Tagen gelesen, ich konnte sie einfach nicht aus der Hand legen!
    Die Bücher sind aus drei Perspektiven geschrieben - aus der Sicht von Rae, von Wulf und aus der Sicht des Erzählers. Emotional wird man sehr gut mitgenommen und man will einfach wissen,

wie es weitergeht und was hinter den Fassaden steckt. Hier geht es auch um BDSM, aber anders. In den Büchern, die ich bisher gelesen habe, wurde immer wieder der Akt beschrieben, hier wird einem nahe gebracht, wozu das Ganze dient. Dies fand ich faszinierend. Also auch für Leser/Innen geeignet, die nicht auf oben genannte Szene stehen.

Auf jeden Fall empfehlenswert." — Amazon Reviewer

HARTE ZEITEN

Heimliche Milliardäre: Casimir, : Buch 2

BLAIR BABYLON

Übersetzt von

CAROLA BECK

INHALT

HARTE ARBEIT
HEIMLICHE MILLIARDÄRE: CASIMIR
Milliardäre auf der Flucht: Buch 1

Von: Blair Babylon

Ins Deutsche übersetzt von
Carola Beck

MALACHITE PUBLISHING LLC

Get notices of new releases,
special discounts, freebies, and
deleted scenes and epilogues
from Blair Babylon!

Plus download a special collection
Of ebooks right away when you sign up!

Erstellt mit Vellum

HARTE ZEITEN

Heimliche Milliardäre: Casimir
Milliardäre auf der Flucht: Buch 2
Von: Blair Babylon

Rox hat ein Problem: Als sie in der Anwaltskanzlei eingestellt wurde, hat sie ihrem unglaublich heißen Boss Cash erzählt, dass sie verheiratet wäre. Was nicht stimmt.

Aber jetzt, drei Jahre später, sind Cash und sie beste Freunde. All die gemeinsamen Geschäftsreisen haben sie zusammengeschweißt. Als Rox aus ihrer Wohnung geworfen wird, besteht Cash darauf, dass sie bei ihm wohnt, bis sie ein neues Zuhause gefunden hat. Dafür sind Freunde schließlich da.

Jetzt, drei Jahre später, wohnt sie notgedrungen bei ihm, und er ist der perfekte Gentleman.

Auch wenn alle ihr versichert haben, dass Cash

keine verheirateten Frauen anrührt, hat sich zwischen ihnen etwas verändert. Es gibt kleine Berührungen, kleine Ausrutscher, und Rox fühlt sich zunehmend versucht, ihrem attraktiven Boss einzugestehen, dass sie nie verheiratet war.

Dann würde er über sie herfallen, sie um den Verstand bringen, bevor er sie schließlich abserviert. Von ihrem Job könnte sie sich auch verabschieden. Und eine neue Wohnung hat sie auch noch nicht gefunden.

Trotz allem steigt jedes Mal, wenn er sie mit schelmisch funkelnden Augen ansieht, jedes Mal, wenn sie einander necken und kitzeln, jedes Mal, wenn sie tadelnd nach ihm schlägt und irgendwie in seinen Armen landet, der Wunsch in ihr auf, alles zu riskieren.

Was soll eine Karrierefrau tun, wenn sie sich in ihren Freund und Boss verliebt?

Registriere dich sich für
Blair Babylons E-Mail-Liste in deutscher
Sprache!

Bleibe informiert über Neuerscheinungen, spezielle Rabatte, und Werbegeschenke von Blair Babylon!

Blairs Deutsch ist sehr schlecht, aber es wird Links zu neuen Büchern geben.

Registriere dich sich hier für
Blair Babylons E-Mail-Liste in deutscher
Sprache!

Oder öffne
https://www.subscribepage.com/blairde
im Webbrowser deiner Wahl.

KAPITEL 1

CASIMIR DE BERGERAC

C asimir lag im Fernsehzimmer auf dem Sofa, sein Laptop ruhte auf seinem Bauch und Rox' drei Katzen hatten sich um ihn herum verteilt, und wisperte Rox über Bluetooth Anweisungen zu, während sie sich in einem Meeting mit Watsons Anwälten und Buchhaltern befand.

Ja, er wusste, dass er das Bluetooth-Gerät etwas weiter von seinem Mund weghalten und normal sprechen könnte.

Er wisperte: „Sag ihnen Folgendes: Dieser Vertrag beinhaltet Standardklauseln zur Arbeitsethik, die Watson sowieso immer eingehalten hat, also haben wir uns mit diesen Punkten nicht großartig aufgehalten. Im Falle eines persönlichen oder gesundheitlichen Notfalls ist Kommunikation der Schlüssel und die Bestimmungen dazu sind in der üblichen Form niedergeschrieben worden.‘‘

K, tippte Rox.

Casimir scrollte zum nächsten Abschnitt des Vertrags: *Zusatzleistungen.*

Dieser Teil war einfach. Er konnte ihn sogar mit geschlossenen Augen besprechen, also tat er das.

Casimir stellte sich vor, die weiche, kurvige Rox in seinen Armen zu halten, seine Nase in ihrem Haar zu vergraben und den Duft ihres fruchtigen Shampoos einzuatmen. Dann wisperte er: „Ms. Watson hat um gewisse Zusatzleistungen gebeten, die alle angemessen und nicht ungewöhnlich sind. Sie werden in diesem Abschnitt beschrieben."

Ihr Körper presste sich an seinen, ihre weichen Kurven passten sich seinem harten Körper an, und er konnte ihre glatte Haut unter seinen Handflächen spüren.

Er machte sich keine Sorgen darüber, dass Pyms Unfall letztes Jahr mit seinem eigenen in Verbindung stehen könnte. In Los Angeles gab es täglich mehrere Autounfälle. Das einzig Überraschende war, dass er nicht schon früher in einen hineingeraten war.

„Diskutieren wir die Zusatzleistungen", wisperte er und nippte an dem Glas Wein, das neben ihm auf dem Tisch stand.

KAPITEL 2

JUNIORPARTNER UND RECHTSASSISTENTEN

Rox ging gerade aus dem Konferenzzimmer heraus und unterhielt sich murmelnd mit der grüblerischen Wren, als Josie sie am Ellenbogen packte und wieder einmal in ihr Büro zog.

Diesmal trat Josie die Tür zu. „Geht es ihm gut?"

Du liebe Güte, Rox hatte fest damit gerechnet, dass sie Ärger dafür bekommen würde, dass sie sich als Anwältin ausgegeben hatte. „Ja, es geht ihm gut. Er hat es nur mit einigen Dingen nicht so leicht."

Josie verschränkte die Arme und runzelte die Stirn. „Mit den Verträgen?"

„Ja. Die Verträge."

„Wie was zum Beispiel?"

„Es gibt einige Probleme mit ihnen. Hat er dir gegenüber nichts erwähnt?"

Josies dunkle Augen weiteten sich, und sie lehnte sich näher zu ihr. „Rox, hat er sich auch am Kopf verletzt?"

„Was? Oh, nein. *Nein*. Ganz und gar nicht. Ich

habe ihm im Krankenhaus seine Befunde vorgelesen, weil seine Augen zugeschwollen waren, und man hat jegliche Art von Kopfverletzung oder Gehirnerschütterung ausgeschlossen. Mit seinem Gehirn ist alles in Ordnung."

Josie sackte vor Erleichterung in sich zusammen und stützte sich vornübergebeugt mit den Händen auf den Knien ab. „Puh, für einen Moment dachte ich schon, ich hätte einen Partner verloren. Es ist erst ein paar Tage her, seit man mir versichert hat, dass Valerie sich vollständig erholen wird und bald zur Arbeit zurückkommen kann."

„Was Valerie angeht ...“

Josie war immer noch nach vorne gebeugt. „Du hast mir einen Riesenschreck eingejagt, Rox."

„Ja, aber was Valerie angeht, wir haben mehrere ernste Unregelmäßigkeiten in ihren Verträgen gefunden. Dinge, die ihr hätten auffallen müssen."

Josie sah sie mit verengten Augen an. „War das vor oder nach ihrem Herzinfarkt?"

„Vorher."

Josie richtete sich wieder auf. „Valerie ist die Beste der Besten. Wenn sie die Verträge abgesegnet hat, bin ich mir sicher, dass mit ihnen alles in Ordnung ist."

„Das sind sie wirklich nicht. Die Klauseln sind alles andere als in Ordnung."

„Valerie ist die Seniorpartnerin, weil sie jahrzehntelange Arbeitserfahrung hat. Sie kennt *alle*, und alle wissen, dass sie die Beste ist. Cash hat sein Studium erst vor ein paar Jahren abgeschlossen und wurde vor einem Jahr zum Partner gemacht. Wenn ich die Wahl zwischen Valeries Einschätzung einer Klausel und der von Cash habe, würde ich immer auf Valerie setzen. Ohne jeden Zweifel. Er ist einfach weniger erfahren."

„Selbst ich kann sehen, dass die Klauseln uns entweder beschäftigen sollen, damit wir keine anderen Rechteraub-Stellen anfechten, oder es ist etwas noch viel Schlimmeres."

Josie lächelte sie an. „Roxie, Süße. So sehr ich dein kluges Urteilsvermögen auch schätze, werde ich eher einer Seniorpartnerin glauben als einem Junior-partner und einer bloßen Rechtsassistentin."

Rox knirschte mit den Zähnen.

Sie war bloß eine Rechtsassistentin, hm? Das bedeutete nicht, dass sie blind war.

Josie eskortierte sie zur Tür, auch wenn Rox zurückbleiben wollte und noch etwas stotterte. Aber Josie sprach einfach über sie hinweg. „Jetzt geh zu Cash zurück und sag ihm, dass er sich gut erholen soll. Erinnere ihn auch daran, dass er das Urteil einer Seniorpartnerin nicht hinterfragen sollte."

KAPITEL 3

KEIN TRIUMPH

Rox nahm die Styroporboxen mit mexikanischem Essen vom Beifahrersitz ihres Autos und hüpfte praktisch ins Haus hinein. „Cash! Ich kann nicht glauben, dass wir das geschafft haben! Sie haben es geschluckt und glauben allen Ernstes, dass ich eine eiskalte, mit Fachjargon um mich werfende Anwältin bin. Du solltest mir das zehnfache meines jetzigen Gehaltes zahlen. Es lief absolut perfekt!"

Cash lag schlafend im Wohnzimmer auf dem Sofa, eine halb volle Weinflasche stand neben einem leeren Glas auf dem Tisch und sein Laptop ruhte auf seinen Oberschenkeln. Dieser schreckliche weiße Verband klebte immer noch in seinem Gesicht.

Speedbump war irgendwie aufs Sofa geklettert und lag schlummernd auf Cashs Beinen. Wahrscheinlich hatte Cash ihm hochgeholfen.

Pirate hatte sich zwischen ihm und der Rückenlehne des Sofas zusammengerollt.

Midnight lag auf dem Boden. Er streckte sich

und schlenderte zu Rox rüber, schmiegte sich zur Begrüßung an ihre Beine.

Cash hatte allein getrunken.

Und er war während der Arbeit eingeschlafen, obwohl es gerade einmal fünf Uhr nachmittags war.

Cash war einer dieser energiegeladenen Kerle. Er lief beim Nachdenken auf und ab. Er sprang auf und gestikulierte. In seinem Büro hatte er einen Schreibtisch, an dem er stehen konnte. Wenn sie zusammen verreisten, war er vor ihr im Fitnessstudio und leistete den Klienten oder anderen Anwälten noch bei einem Drink Gesellschaft, lange nachdem sie sich bereits auf ihr Hotelzimmer zurückgezogen hatte.

Er döste nicht ein, während er spätabends vor dem Fernseher saß.

Ganz vorsichtig griff sie nach dem Laptop und hob ihn von Cash runter. Er rührte sich etwas, sein Haar strich über seine Stirn, aber er wachte nicht auf.

Rox klemmte sich den Laptop unter den Arm und schaute nach unten, um sicherzugehen, dass er weiterschlief.

Seine Atmung vertiefte sich wieder und seine Brust hob und senkte sich langsam.

Rox öffnete den Laptop und gab sein Passwort ein, *Oranje-Nassau-6.*

Auf seinem Desktop wuselten Dateien und Ordner über den Bildschirm, als hätte er sie gegen die Wand geworfen und einige davon wären kleben geblieben.

Sie runzelte die Stirn. Cash verstaute seine Dateien normalerweise in mehreren Ebenen aus organisierten Ordnern und sortierte sie dann alpha-

betisch. Obwohl sie bisher nicht in seinem Schlafzimmer herumgeschnüffelt hatte, war sie sich sicher,
dass er seine Socken nach Farben ordnete. Flüchtige
Blicke in seinen Schrank hatten ihr bestätigt, dass
mehrere Kleiderbügelreihen mit Anzügen zuerst
nach Farbe sortiert waren, dann nach Stil und
danach vielleicht nach dem Designer.

Selbst wenn seine Haushälterin seine Anzüge
reinigte und aufhing, hatte er wahrscheinlich das
Ordnungssystem eingeführt.

Dieses Chaos sah ihm nicht ähnlich. Eine der
Eigenschaften, die ihn zu einem so guten Vertragsan-
walt für geistiges Eigentum machten, war, dass er in
ordentlichen kleinen Boxen dachte und dann
Sprache benutzte, um alle Schlupflöcher aus dem
Weg zu räumen, bis das Dokument in Form eines
soliden, wunderschönen Textes zementiert war.

Als sie die Verträge öffnete, an denen er gearbeitet hatte, waren alle von ihnen nur teilweise bear-
beitet und irgendwo in der Mitte in großen roten
Buchstaben mit der Anmerkung versehen: WAS
ZUR HÖLLE DENKT SIE SICH NUR DABEI?

Und in keinem der Verträge folgten danach
weitere Anmerkungen.

Okay, Cash machte seinem Frust sonst auch im
Büro Luft, aber erst nachdem er den Vertrag gründ-
lich durchgelesen hatte und über jedes noch so kleine
Detail Bescheid wusste.

Rox scrollte weiter und suchte nach dem Begriff
„Autobiografie", eines der Schlüsselwörter, das sie
direkt zu den schrecklichen Klauseln führen würde,
die in Valeries Verträgen auftauchten.

Einige Absätze später im Vertrag stieß Rox auf
die Rechteraub-Klauseln.

Cash hatte aufgegeben, bevor er überhaupt so weit gekommen war.

Er schlief immer noch auf dem Sofa, eine Hand ruhte auf seinem Bauch. Im Schlaf war sein kantiger Kiefer etwas entspannter, wie auch seine Lippen, die dadurch noch üppiger aussahen.

Rox spürte, wie sich ihre eigenen Lippen teilten. Sie blinzelte und schaute weg.

Der weiße Verband an seiner Wange ruinierte sowieso die ganze Wirkung. Sie wollte ihm das Ding am liebsten vom Gesicht reißen, um zu sehen, was so schrecklich war, dass er es selbst vor ihr versteckte. Sie waren zusammen zu seinen Arztterminen gegangen. Wenn die Wunde entzündet gewesen wäre oder nicht richtig verheilen würde, hätten die Ärzte ihm Antibiotika gegeben oder es sonst irgendwie behandelt.

Sie wandte sich wieder seinem Desktop zu, der aussah, als wäre ein Tornado über ihn hinweggefegt.

Oh, Cash.

Ihr Magen verkrampfte sich. Der heutige Tag war kein Triumph. Für ihn ins Büro zu gehen, zuzulassen, dass er sich weiter zu Hause verkroch, war ein großer Fehler gewesen.

Rox hatte das Gefühl, als würde sie seitlich fallen, und griff nach der Armlehne eines Stuhls, aber es war kein Erdbeben gewesen, nur das Entsetzen in ihrem Kopf.

Der lebhafte, extrovertierte Cash – der Mann, der nach der Arbeit immer mit den anderen Kerlen loszog und sich stets in kurzlebige Liebesbeziehungen stürzte – hatte sein Haus über einen Monat lang nicht verlassen.

Jetzt konnte er nicht richtig arbeiten, schlief tagsüber und trank allein.

Rox wusste, was danach passierte.

Ihre Brust schmerzte, es fühlte sich an, als würde sich darin ein klaffendes Loch öffnen, weil ihr ihr ganzes Leben lang jemand gefehlt hatte.

Nicht Cash. Sie würde nicht zulassen, dass das mit ihm passierte.

Sie kniete sich dort neben das Sofa, wo er lag, und rüttelte ihn sacht. „Cash, Darling?"

Er wachte auf und streckte sich, seine langen Beine zuckten. „Hey, du bist zurück." Sein mattes Lächeln war eine schwache Imitation des lachenden und scherzenden Cash, den sie drei Jahre lang gekannt hatte.

„Ich habe Abendessen mitgebracht", sagte sie. „Mexikanisch."

„Klingt gut. Auch wenn ich nicht allzu hungrig bin."

Für einen Kerl, der erst kürzlich wieder angefangen hatte Sport zu machen – und seine Workouts waren schonend und zurückhaltend gewesen verglichen mit dem, was sie ihn in Hotelfitnessstudios auf der ganzen Welt hatte stemmen sehen – war er nach einem Monat des Herumliegens nicht in die Breite gegangen. Seine Bauchmuskeln waren immer noch steinhart unter seinem engen T-Shirt, wovon sie sich jedes Mal persönlich vergewissern konnte, wenn sie seinen Verband an der Seite gewechselt hatte.

Wenn er normal weitergegessen hätte, hätte er zugenommen und ein kleines Fettpolster angelegt.

Aber das hatte er nicht. Wenn überhaupt, waren seine Muskeln noch deutlicher definiert, da sein weniges verbliebenes Körperfett verbrannt worden war.

Oh Mann, sie hatte nicht einmal geschnallt, was hier vor sich ging, als er jeden Abend all diese halb vollen Schachteln mit Essen weggeworfen hatte.

„Cash?"

Er schaute zu ihr runter.

Rox griff nach seiner Hand. Das Folgende zu sagen, jagte ihr eine Heidenangst ein, aber es nicht zu sagen, verängstigte sie nur noch mehr. „Ich mache mir Sorgen um dich."

„Es gibt keinen Grund zur Sorge." Er richtete seinen Oberkörper auf, verzog nicht mal das Gesicht oder hielt sich die Operationsnarbe.

„Ich will dich nicht verlieren."

Er schüttelte ihre Hand ab und setzte sich auf, schwang seine Beine über die Sofakante. „Die Ärzte haben gesagt, dass ich auch ohne Milz eine normale Lebensspanne haben werde. Ich muss nur vorsichtig sein, wenn ich krank werde, und früher und häufiger Antibiotika nehmen."

Sie musste das taktvoll ansprechen. Nicht anschuldigend klingen. „Das meine ich nicht. Du willst niemanden sehen. Du willst nirgendwo hingehen."

„Ich bin noch nicht so weit", sagte er.

„Die Wunde von deiner Milzoperation ist vollständig verheilt."

„Ja, ist sie."

„Wenn die Wunde an deiner Wange sich nicht richtig schließt, musst du zu einem anderen Arzt gehen."

Er drehte sich zu der Glasfront vor der Veranda, die eine großartige Aussicht auf den Ozean bot, wandte ihr unbewusst die Seite mit dem Verband zu. „Das ist schon okay. Es braucht nur noch etwas mehr Zeit."

„Wir sollten nach dem Abendessen rausgehen. Vielleicht etwas trinken gehen oder auch nur für einen Kaffee. Es gibt unten am Hügel ein paar nette Plätze. Dort sollte niemand sein, den wir kennen."

„Wir sollten weiter an den Verträgen arbeiten", meinte er. „Wir müssen auch die Verträge aus den letzten Jahren überprüfen."

Und dennoch machten sie keine Fortschritte. „Das sind so viele. Es fühlt sich manchmal überwältigend an", sagte sie und beobachtete ihn dabei.

Er nickte. „Und es gefällt mir nicht, was das alles bedeutet."

Bestenfalls, dass die Seniorpartnerin seiner Kanzlei nachlässig gewesen war, und schlimmstenfalls, dass sie die Interessen ihrer Klienten wissentlich falsch vertreten hatte. „Mir auch nicht."

„Was willst du nach dem Abendessen tun?", fragte er. „Arbeiten?"

„Oder ein Glas Wein in diesem Restaurant trinken, *Vino's?* Ich habe auf dem Heimweg heute gesehen, dass sie eine Bar haben."

„Charley Lees' neueste Komödie ist auf den Streamingportalen verfügbar. Wir haben letztes Jahr den Vertrag dafür ausgehandelt. Es könnte interessant sein zu sehen, ob es all diese verrückten Zusatzleistungen wert war, auf die er bestanden hat."

KAPITEL 4

DAS FAZIT

„Hast du Pistolen im Haus?", fragte Rox Cash.

Er lachte leise, aber seine Augenbrauen senkten sich verwirrt. „In Kalifornien hat niemand Pistolen."

„Bedeutet das in deinem Fall jetzt Nein?", hakte sie nach.

„Ich habe keine Pistolen im Haus."

„Oh, okay."

Er legte den Kopf schief. „Jans Bemerkungen zu Pyms Unfall machen dir zu schaffen, oder? Ich versichere dir, niemand versucht mich umzubringen, nur weil ich diese lächerliche Klausel im Watson-Vertrag gefunden habe."

„Okay."

Das war es eigentlich nicht, woran sie gedacht hatte, aber jetzt machte sie sich Sorgen darum, *keine* Waffen im Haus zu haben.

Rox fand eine drei Pfund schwere Box mit Rattengift, die unter der Küchenspüle versteckt war.

Gott, Rattengift. Das war ein schrecklicher Tod. Warum zum Henker hatte Cash keine humaneren Fallen oder etwas anderes in der Art?

Am nächsten Tag machte Rox auf dem grasbewachsenen Hügel einen Spaziergang und schüttete das Gift weg. Sie war nur für ein paar Minuten weg, aber ihr Herz raste, als sie zurück ins Haus rannte, voller Angst, was sie vorfinden könnte.

Cash saß in seinem Arbeitszimmer und funkelte finster einen Vertrag an. Er tippte etwas auf seinem Laptop, wobei er hart auf die Tastatur einhämmerte, und klappte ihn dann zu.

„Alles gut bei dir?", fragte Rox atemlos.

„Erst, wenn ich nie wieder einen von Valeries Verträgen sehen muss", knurrte er.

Rox stand in Cashs riesigem Badezimmer und starrte die Duschstange an, die sich um die Badewanne herum spannte. Sie hatte bereits die Medizinschränke und -schubladen geplündert und nichts Schlimmeres als rezeptfreie Schmerztabletten und eine einzelne Antibiotika-Kapsel von vor drei Jahren gefunden.

Die rostfreie Duschstange war keine dieser Spannstangen, die man zwischen die Wände der Duschkabine klemmte, um daran einen Vorhang zu hängen. Die Enden dieser Stange waren in die raue Steinwand gebohrt und mit riesigen schraubenähnlichen Teilen befestigt worden. Die Köpfe der Schrauben waren größer als Rox' Daumennägel.

Die dicke Metallstange sah so aus, als würde sie das Gewicht eines Mannes aushalten, selbst wenn dieser am Ende eines Seils baumeln sollte.

Rox nahm den Schraubenzieher und machte sich an die Arbeit.

„Gibt es einen Grund, warum du immer die Garagentür auflässt?", fragte Cash.

Rox hielt kurz inne, überlegte sich eine Lüge. „Ich hatte in meiner alten Wohnung keine Garage. Ich schätze, weil ich nicht daran gewöhnt bin, denke ich einfach nicht daran, sie zu schließen."

„Und wenn du sie schließt, schließt du sie manchmal nicht ganz." Er runzelte die Stirn. „Mäuse kommen durch den Spalt rein, und ich kann das Mäusegift nicht finden."

Sie schaute ihn finster an. „Du brauchst kein Rattengift. Wir haben drei Katzen."

Seine dunkelgrünen Augen, frei von Blutergüssen und Schwellungen, weiteten sich. „Werden sie die Mäuse jagen?"

Ja, Kumpel. Katzen jagen Mäuse. „Nun, Speedbump steht irgendwie nur rum und schreit die anderen an. Er ist der Manager. Aber Midnight und Pirate sind fantastische Jäger. Ich habe manchmal draußen für sie Motten gefangen, damit sie sie in meiner Wohnung jagen konnten. Das haben sie geliebt."

„Dann lass sie uns hier runterholen. Das muss ich sehen."

Rox stand draußen auf der Veranda, ihr Haar flatterte in der Meeresbrise, während sie in der Kontaktliste ihres Handys Brandys Nummer auswählte und dann das Mobiltelefon ans Ohr hielt. „Hallo, Liebes?"

Von dem Bellen im Hintergrund zu urteilen, war Brandy bereits im Tierheim. „Ja? Wann kommst du?"

„Ich kann dieses Wochenende nicht. Ich muss mich um einige Sachen kümmern. Hast du genug Futter für die Woche?"

„Reichlich. Mach dir keine Sorgen. Heute kommen noch drei andere Leute zum Aushelfen. Zwei von ihnen haben einige Wochen lang die Kätzchen sozialisiert, also kann ich sie jetzt langsam etwas härter rannehmen."

Also war das Tierheim mit genügend Futter und Hilfskräften versorgt. „Nächstes Wochenende komme ich wieder, versprochen."

„Das will ich auch stark hoffen. Bist du eigentlich immer noch obdachlos?"

„Wenn du damit meinst, dass ich immer noch bei diesem einen Freund wohne, sicher. Aber ich schlafe nicht mit ihm."

„Warum lebst du mit ihm zusammen, wenn du keine Action abkriegst?"

„Nun, es ist kompliziert."

„Ist das der Kerl, der einen jede Sekunde abservieren könnte und sich, wenn er die Nase voll hat, einfach in Luft auflöst?"

„Ja. Nun, wie gesagt, es ist kompliziert."

„Ich verstehe nicht, warum du das hinnimmst. Wenn du eine vorübergehende Bleibe brauchst, komm zu mir."

„Deine Hunde würden meine Katzen zum Frühstück verspeisen."

„Würden sie nicht." Brandy hielt inne. „Wahrscheinlich nicht."

„Mir geht es gut, wirklich. Und er braucht irgendwie gerade einen Freund, nur einen Freund. Und wir sind seit drei Jahren ‚nur Freunde‘, also ist alles cool. Ich komme schon klar."

„Na gut. Aber ruf mich in ein paar Tagen wieder an."

„Das werde ich."

KAPITEL 6
QUID PRO QUO

„Rox, du hast das Haus seit Tagen nicht verlassen. Ich beginne langsam, mir Sorgen um dich zu machen." Auch wenn Cash versuchte zu scherzen, klangen seine Stimme und sein Lachen niedergeschlagen.

Rox schaute zu ihm rüber, hielt dabei ihren Laptopbildschirm fest, damit sie das Gerät nicht fallenließ. Sie saßen im Fernsehzimmer nebeneinander auf dem Sofa, schauten sich über ihre Laptops hinweg Sitcoms an und arbeiteten in den Werbepausen. Cash saß links neben Rox, was bedeutete, dass ihr seine Wange ohne den nervigen, weißen Verband zugewandt war. Also sah sie die Stelle kaum, abgesehen von den Momenten, in denen er sich zu ihr umdrehte.

Auf dem Couchtisch zu ihren Füßen standen zwei leere Weinflaschen zwischen ihren Gläsern und soßenbeschmierte Pappschachteln mit chinesischem Essen. Das Licht vom Fernseher beschien die

Schachteln und Flaschen in dem dunklen Zimmer von einer Seite mit grellen Farben.

Der Alkohol vom Wein schwirrte bereits so stark in Rox' Kopf herum, dass sie seit über einer Stunde Mühe hatte, sich auf das Fernsehgeschehen oder auf die Worte auf ihrem Laptopbildschirm zu konzentrieren.

„Ich musste nicht mehr ins Büro gehen, um Dokumente in die Cloud hochzuladen", erwiderte sie. „Und all deine Lieblingsrestaurants in der Gegend liefern auch nach Hause. Selbst das Weingeschäft. Ich arbeite lieber als rauszugehen."

Er schaute von seinem Laptop hoch. „Du fängst an, so zu klingen wie ich."

„Ich schätze, das ist nach all diesen Jahren unvermeidlich."

„Du schleichst mir mehr hinterher als die Katzen", meinte er.

„Hm, ich glaube nicht, dass das möglich ist."

Die drei Katzen waren auf sie beide verteilt. Speedbump hatte Cash auf bestimmte Laute konditioniert, wenn er hochgehoben oder auf den Boden abgesetzt werden wollte, eine Notwendigkeit bei seinem tauben Bein. Das bedeutete, dass Speedbump Cash nun mit inniger Leidenschaft vergötterte. Im Moment lag er hinter ihm auf der Rückenlehne des Sofas und kuschelte sich an seinen Kopf. Der Kater schnurrte so laut, dass Rox die Vibrationen durch das Polster hindurch spüren konnte.

Cash hatte jedoch Pirate ins Herz geschlossen und schnappte sich den flauschigen orangefarbenen Kater jedes Mal, wenn dieser an ihm vorbeilief, um sich den mottenzerfressenen Kater auf den Schoß zu setzen. Pirate stemmte sich normalerweise gegen Cashs Arme, während sein einzelnes Auge aufgebracht hervortrat, beruhigte sich dann aber, wenn Cash ihn an seinen zerstörten Ohren kraulte.

Es war eine Dreiecksbeziehung, wie sie im Buche stand, eine Männerliebe zwischen Mensch und Tier.

Midnight war immer noch Rox' Katze und lag neben ihr auf dem Sofa, mit dem Bauch nach oben. Sie kraulte sein Kinn und seine Brust, während sie vorgab zu arbeiten. Sein dreieckiger Kopf hing vom Kissen runter, sein schwarzes Fell verschmolz mit dem dämmrigen Zimmer.

Es war gut zu wissen, wer loyal war, besonders wenn es Zeit für die Garnelen-Leckerlis war.

„Ja, nun", eierte Rox herum, während sie versuchte, sich trotz schwindeligem Kopf zu konzentrieren. Cash neigte dazu, süße Weine auszuwählen, und sie *liebte* süße Weine. Wo waren Rieslinge nur ihr ganzes Leben lang gewesen? „Wenn ich dir nicht hinterherschleichen würde, würde ich mich in diesem riesigen Haus verlaufen und man würde nur noch meine Gebeine vorfinden, wenn die neuen Besitzer in zwanzig Jahren einziehen."

Er lachte leise. „Und ich dachte schon, dass du gerne mit mir zusammen Zeit verbringst."

Sie schlug ihm scherzhaft gegen die Schulter. „Mit dir? Wenn ich mich an einen heißen, erfolgreichen Anwalt schmeißen wollte, dann würde ich mit Josie flirten. Zumindest könnte sie mir die Nummer ihres plastischen Chirurgen geben."

Darüber lachte er noch etwas lauter. „Josie behält ihren plastischen Chirurgen größtenteils für sich. Ansonsten könnte er zu beschäftigt sein für ihre Notfallbotoxbehandlungen. Das geht nicht."

„Ich mache mir Sorgen, dass sie irgendwann so aussehen könnte wie Michael Jackson."

„Das ist sehr unwahrscheinlich. Josie übertreibt es nicht mit den Schönheitseingriffen. Sie spricht sich mit ihrem sehr guten Chirurgen ab und nimmt seinen Rat an, welche minimalen Eingriffe das beste Ergebnis bringen werden. Michael Jackson hat seinen unethischen Chirurg angewiesen, weiter zu operieren, weil er seine Nase immer kleiner haben wollte, und der Chirurg hat getan, was der Klient wollte, anstatt darauf zu bestehen, dass kein gutes Ergebnis dabei herauskommen würde. Ein guter Chirurg ist wie ein Künstler, man muss ihn seine Arbeit machen lassen."

„Ihr Chirurg ist großartig. Für vierzig sieht sie klasse aus."

Cash schaute nachdenklich zu den dunklen Holzbalken an der Decke hoch. Er musste zu dem Schluss gekommen sein, dass er mit der Information gegen keine Vertraulichkeitsvereinbarung verstoßen würde, denn er sagte: „Josie ist fünfundfünfzig."

„Niemals! Sie sieht aus wie vierzig!"

„Ja, und sie sieht nicht aus wie eine Karikaturversion einer Zwanzigjährigen."

„Wow. Jetzt will ich wirklich den Namen ihres plastischen Chirurgen wissen." Die Sitcom kam nach der Werbepause zurück, aber der Fernseher war immer noch auf stumm geschaltet. Die Fernbedienung lag neben Midnight, in der Nähe von Rox' Hand.

„Er ist ein wahrer Künstler. Nicht dass du irgendwelche Schönheitseingriffe nötig hättest."

„Wenn Josie es mir anbieten würde, hätte ich

eine Liste von Dingen parat, die ich gerne machen lassen würde. Eine *lange* Liste."

Diesmal lachte er laut auf. „Sicherlich hast du das nicht."

„Offensichtlich würde ich mit einer Fettabsaugung beginnen, oder mit einer Bauchstraffung. Oder mir ein Magenband einsetzen lassen. Oder einen Magenbypass machen." Da sie noch etwas Stolz hatte, griff sie zur Veranschaulichung nicht nach den Speckröllchen an ihrer Taille. Wenn sie allerdings noch etwas mehr Wein getrunken hätte, wäre sie wahrscheinlich dazu bereit gewesen. „Und danach würde es mit einer neuen Nase und Fillern für die Lippen weitergehen."

Er starrte sie ungläubig an. „Sicherlich würdest du kein Skalpell an dich ranlassen, oder?"

„Aber sicher. Sofort, wenn ich das Geld dazu hätte."

„Versprich mir, dass du das nicht tust."

„Betrunkene Versprechen zählen nicht."

Er stellte seinen Laptop weg und wandte sich auf dem Sofa zu ihr um, wodurch er Pirate von seinem Schoß aufscheuchte, der dann am Sofa entlangstolzierte und es sich stattdessen neben der Armlehne bequem machte. „Versprich mir, dass du dich nicht unters Messer legen wirst, selbst wenn du das Geld hättest. Deine Haut ist wunderschön."

Rox stellte ihren Laptop auch zur Seite und drehte sich auf dem Sofa zu ihm um, woraufhin Midnight es vorzog, sich auf die andere Armlehne zu legen. Sie tat das, weil sie sehr stark angetrunken war. Wenn sie nüchtern gewesen wäre, hätte sie wahrscheinlich den Fernseher wieder laut gestellt und Cash ignoriert.

Aber sie war angetrunken. Also drehte sie sich um.

Seine smaragdgrünen Augen – so dunkel im dämmrigen Licht des Zimmers – waren von dem Wein leicht glasig, als er mit den Fingerknöcheln über ihre Wange strich. „Es ist, als hättest du gar keine Poren", sagte er.

„Es ist dunkel hier drinnen", meinte sie.

„Es liegt nicht an der Dunkelheit. Ich bewundere deine Schönheit ständig. Ganz egal, wie gut der Chirurg auch sein mag, er könnte dich nicht verbessern. Wenn du dich unters Messer legen würdest, würde das dieses samtige Gefühl deiner Haut zerstören." Seine Finger wärmten ihre Wange, und er strich mit dem Daumen über ihren Wangenknochen, fast bis zu ihrem Ohr. „Deine Knochenstruktur ist unglaublich. Deine Nase ist perfekt gerade." Seine Finger fuhren in ihr Haar. „Du färbst deine Haare nicht, oder?"

„Sie stellen keine Färbung in dem Ton ‚Schlammbraun' her."

Er lachte leise, beobachte aber weiterhin, wie seine Finger durch ihr Haar glitten. „Es glänzt schön. Mir hat man vorgeworfen, dass ich mir einzelne Strähnen färbe, aber das tue ich nicht."

Ihre eigene Hand hob sich wie von selbst, und sie sah irgendwie dabei zu, zu betrunken, um es zu verhindern. Sie berührte eine blonde Strähne an seiner Schläfe, die sich durch sein dunkles kastanienbraunes Haar zog. „Das kann ich sehen. Dein Haar ist länger geworden, aber die Strähnen sind noch da."

Er drehte das Kinn, sodass sein Gesicht in ihrer Hand lag, und beobachtete sie. „Dein Haar sieht nicht aus wie Schlamm. Es ist bezaubernd. Es ist so dunkel, aber wenn die Sonne darauf scheint, schimmert es gold- und kupferfarben."

„Das …" Sie konnte nicht richtig denken, nicht während seine Finger tief in ihrem Haar vergraben waren und ihren Hinterkopf umfassten. „Tut es nicht."

„Ich mag dein Haar", sagte er. „Ich finde es wunderschön. Du bist wunderschön."

„Bin ich nicht", widersprach sie mit zunehmend atemloser Stimme. „Hör auf, das zu sagen."

„Du *bist* schön. Ich werde nicht aufhören, das zu sagen, selbst wenn ich es spät abends wispern muss, während wir beide etwas betrunken sind."

„Du hast jeden Abend zwei Flaschen rausgestellt. Das ist offensichtlich Teil deines teuflischen Plans."

Seine Hand an ihrem Hinterkopf war warm und stark. „Ich habe keinen teuflischen Plan."

„Ich wette, das sagst du zu allen Mädchen", meinte Rox. Ihre Stimme klang viel zu atemlos.

„Ich muss normalerweise nicht betrunken sein, um mit einer Frau zu flirten, aber du bist verheiratet."

Schuldgefühle stiegen in ihr auf. „Oh."

„Warum sagt er dir nicht, dass du wunderschön bist?", wisperte Cash und beugte sich zu ihr vor.

„Weil er mich nicht anlügt." Seine Lippen waren nur wenige Zentimeter von ihren entfernt.

„Dann ist er blind. Oder absichtlich dumm. Oder ein Mistkerl. Oder er will nicht, dass du es weißt." Sein Atem, in dem ein Hauch von Wein und Minze mitschwang, berührte ihre Lippen.

„Aber es ist die Wahrheit. Ich bin lediglich gewöhnlich. Und mollig. Und nicht süß." Nur noch der Bruchteil eines Zentimeters, etwas Luft, trennte ihre Lippen voneinander.

„Solltest du nicht eigentlich die Ehre deines Ehemannes verteidigen?", fragte Cash.

Der Wein verhinderte, dass ihr eine gute Verteidigung für ihren fiktiven Ehemann einfiel. Der Alkohol schwirrte so stark in ihrem Kopf herum, dass ihre Finger zu Cashs Nacken wanderten und ihn zu ihr zogen.

Er verschloss ihre Lippen mit seinen. Seine Arme schlangen sich um sie, um ihre Schultern und ihre Taille, und er zog sie eng an seine Brust und Bauchmuskeln. Ihr Arm glitt um seinen Hals. Ihre andere Hand legte sich flach auf seine Brust, spürte den runden Muskel dort.

Seine Lippen fühlten sich so weich an wie bei ihrem letzten Kuss, aber diesmal wanderten seine Hände über ihren Körper. Er saugte zärtlich an ihren Lippen, knabberte an ihnen, und seine Zunge umschlang ihre. Seine Hand senkte sich, und er umfasste ihren Hintern, presste sie fest an sich.

Er hob den Kopf. Sie versuchte, ihn weiter zu küssen, aber er zog sie mit seinem Arm, der um ihre Schultern lag, zurück. Sein Mund fand ihren Hals, und er kratzte mit seinen Zähnen über ihre Kehle und hauchte auf ihre feuchte Haut, was sie erschauern ließ.

Innerhalb von Sekunden keuchte sie schwer und wölbte ihren Hals, wollte ihm näherkommen, *mehr* von ihm bekommen. Es war *so viele Monate* her, seit ein Mann sie das letzte Mal berührt hatte. Und sie war Cash die ganze Zeit über viel zu nah gewesen.

Ein Hauch seines Parfüms, warme Gewürze und

Moschus, verweilte auf seiner Haut, und sie atmete ihn ein.

Cash lehnte sich auf dem Sofa zurück, und seine starken Arme zogen Rox mit sich. Sie landete rittlings auf ihm, stützte sich auf den Knien neben ihm ab. Sie trugen beide Jeans, aber Rox war für ihn praktisch in Position, die Ausbuchtung in seiner Hose befand sich direkt unter ihren gespreizten Beinen. Wenn sie sich senkte, würde ihre Klitoris an ihm reiben.

Er stürzte sich auf sie, zerrte ihr T-Shirt hoch über ihren Kopf. Es fiel irgendwo auf den Teppichboden runter. Er war so groß, dass er sich runterbeugen musste, um mit den Lippen über die Oberseite ihrer Brüste zu wandern. Sein Atem strich warm und feucht über die Rundungen oberhalb ihres pinken Spitzen-BHs.

Ja, sie trug ihre gute Unterwäsche und hatte mehr gekauft, seit sie mit Cash zusammenwohnte. Ihr Unterbewusstsein hatte das hier seit Wochen geplant.

„Wow", wisperte er und ergriff ihre Brüste mit jeweils einer Hand, knetete sie beinahe.

Wahrscheinlich hatte er noch nie echte gefühlt. Immerhin lebten sie in Kalifornien.

Cash hielt ihre Brüste, berührte sie mit seinen Handflächen und Fingern, und hob sie an seinen Mund. Seine Lippen und seine Zunge begannen, über dem dünnen Spitzenstoff feuchte Kreise um ihre Nippel zu ziehen, bevor seine Lippen sich teilten und er sie einsaugte.

Wohlige Schauer durchzuckten ihren Körper.

Er öffnete den Mund, hauchte beim Ausatmen auf den feuchten Stoff und ihre Haut.

Rox hatte das Gefühl, als würde sie stolpern und fallen, unkontrollierbar schnell. „*Cash*", keuchte sie.

„Ja, verdammt. Sag das nochmal." Er schob den Stoff ihres BHs mit den Daumen zur Seite und leckte ihre Nippel direkt, saugte an ihnen, bis sie zu harten Knospen wurden.

Rox krümmte sich kniend über seinem Kopf zusammen, hielt sich an seinen Schultern fest und schnappte nach Luft, während er mit der Zunge zuerst einen Nippel umspielte, dann den anderen und fest an ihnen saugte. Ihr Atem ging schwerer, keuchend.

Sie wollte nicht fragen, wie das hier enden würde. Sie wollte es nicht wissen.

Er streichelte an ihrem Körper hinunter zu ihrem Hintern und zog sie enger an sich, während er weiter ihre Brüste liebkoste. Einen Arm hatte er um ihre Taille geschlungen, hielt sie sicher fest. Mit der anderen Hand öffnete er hinten an ihrem Rücken den BH, zerrte ihn an ihren Armen runter und warf ihn zur Seite.

Ihr Körper erhitzte sich allein von seinem Mund auf ihren Brüsten. Ihr Atem stockte in ihrer Kehle, und sie wimmerte.

Cash schaute zu ihr auf, und er grinste mit ihrem Nippel immer noch zwischen seinen Zähnen. Er saugte ihre Brust in seinen Mund und biss sie sanft.

Wogen der Lust rauschten durch Rox hindurch, und sie wölbte sich nach hinten.

Sein Arm an ihrer Taille hielt sie weiterhin fest, und er stürzte sich mit seinem Mund auf ihre andere Brust, trieb sie mit seinem geschickten Saugen und Beißen auch dort in den Wahnsinn.

Gott, sie wollte ihn am liebsten anflehen, sie zu

nehmen, aber sie konnte nicht. Zu viele Dinge rasten durch ihren Kopf, all die Gründe, warum sie es nicht mit ihm tun sollte: weil sie nicht mehr mit ihm zusammen arbeiten könnte, weil er sie ghosten und so endgültig aus ihrem Leben verschwinden würde, als wäre er gestorben.

Aber sie konnte dieses flehentliche Wimmern nicht zurückhalten, während sie seine breiten Schultern umklammerte und seinen Kopf zu sich zog. Beinahe hätte sie aufgeschrien.

Der Griff seines Arms um ihre Taille wurde fester, und sie fiel zur Seite. Sie landete rücklings auf dem Sofa und griff nach ihrem Kopf. Alles schien sich um sie herum zu drehen, aber sie wusste, dass diese Wirkung weniger am Wein lag. Es war Cash, seine Hände und sein Mund an ihrem Körper, und der würzige Duft seines Parfüms, und die Art, wie sein Haar über seine Stirn fiel, und die vage Sehnsucht, die in seinen strahlend grünen Augen lag.

Er kletterte über sie, griff nach dem Knopf ihrer Jeans und zog sie in einer flüssigen Bewegung von ihr runter, mitsamt ihrer Unterwäsche und ihren flauschigen Socken.

Verdammt, er war gut.

Und das überraschte sie nicht.

Er presste seine Lippen auf ihren Bauch, strich mit der Zunge über ihren Bauchnabel, wanderte tiefer runter.

Sie wölbte sich unter ihm und griff nach seinen Schultern, versuchte, ihn zu sich hochzuziehen, weil sie sich danach verzehrte, ihn zu küssen, ihn in ihren Armen und ihrem Körper zu haben, aber er schob sich weiter nach unten und legte sich auf dem Sofa zwischen ihre Beine.

„Cash." Sie wollte sich aufsetzen und nach ihm greifen.

Er drückte sie mit einer Hand wieder zurück und legte sich ihre Oberschenkel über die Schultern.

Mit geschlossenen Augen hob sie die Hände und fuhr mit ihren Fingern durch sein seidiges Haar. „Du musst nicht …"

Er öffnete seinen Mund an ihrem Oberschenkel und kratzte mit den Zähnen über ihre Haut. „Ich will aber."

„Du musst das nicht tun."

„Du warst noch nie mit einem Mann zusammen, der dich gerne kommen sieht, oder?" Seine tiefe Stimme vibrierte und seine Lippen bewegten sich an ihrem Oberschenkel, während er sprach.

Sie schlug die Augen auf. Die weiße Decke über ihr wirkte sehr weit entfernt. Alles, was sie gerade spüren konnte, waren seine um ihre Oberschenkel geschlungenen Arme, die sie unten hielten. „I-ich weiß nicht."

Er lachte leise, sein Atem strich über die sensible Haut zwischen ihren Beinen. „Wenn du es nicht weißt, bedeutet das Nein."

Bei der Vorstellung, wie er sie *beobachtete*, erschauerte Rox.

Cash begann, außen an ihren Falten zu lecken, kitzelte sie beinahe, so zärtlich war seine Liebkosung, bis sie wieder zu wimmern begann.

Seine Zunge steifte ihre Klitoris, die bereits geschwollen und überempfindlich war.

Eine Woge der Lust rauschte durch sie hindurch, und sie wölbte sich unter ihm.

Er leckte sie an tieferen Stellen, streichelte ihre

Körpermitte mit seiner Zunge, hielt sich von ihrer empfindsamen Klitoris fern.

Ihr Körper verspannte sich, und ihre Finger ballten sich in seinem Haar zu Fäusten.

Er öffnete den Mund, saugte und leckte an ihr, als würde er das Fruchtfleisch vom Kern eines reifen Pfirsichs absaugen. Er verschlang sie, hungrig und leidenschaftlich, und Rox zitterte unter ihm, ihr ganzer Körper zuckte vor angestauter Energie, die hinauswollte.

Einer seiner Arme, den er um ihren Oberschenkel geschlungen hatte, löste sich, während sein Mund etwas höher wanderte, nicht ganz bis zu der Stelle, wo sie wie wild pochte und es sie am meisten nach Erlösung verlangte, aber höher, und dann glitt er mit einem Finger in sie hinein und rieb sie von innen.

Ihr Becken bäumte sich auf, und er knurrte an ihrem Geschlecht, während er sie weiter verschlang und einen weiteren Finger in sie schob, um sie mehr auszufüllen und heftiger zu streicheln.

Sie wand sich wie wild auf dem Sofa, aber sein anderer starker Arm hielt sie unten.

Seine freien Finger zogen leichte Kreise um ihren hinteren Eingang, was überhaupt nicht beängstigend war, aber er attackierte jede ihrer empfindlichen Stellen. Sie hob den Oberkörper, keuchte und stöhnte, ihr Körper war so angespannt, dass er jeden Moment zerbersten könnte.

Cash schaute zu ihr hoch, ein neckisches Funkeln brach durch den Nebel der Lust in seinen grünen Augen, bevor er mit seinem Mund hoch genug wanderte, um ihre Klitoris mit seiner Zunge zu nehmen, sie um sie zu schlingen und an ihr zu saugen, während er Rox mit seinen Fingern weiter vögelte und ihren hinteren Eingang rieb.

Die Empfindungen wurden so überwältigend stark, dass Rox sich mit dem Oberkörper zurück aufs Sofa warf. Woge um Woge brach über ihr herein, rauschte durch ihren leergefegten Kopf und überschwemmte sie mit blendend starker Ekstase.

Für viele lange Minuten.

Als die Zuckungen schließlich nachließen, fühlte sie sich ganz schlaff und keuchte schwer. Cash hatte sie in seine Arme gezogen, hielt sie an seiner Schulter, murmelte ihr zu, dass sie wunderschön war und ihm der Anblick verdammt gut gefallen hatte.

Rox' Kopf klärte sich, und sie drückte sich von ihm weg.

Cash strich ihr ein paar wirre Haarsträhnen aus dem Gesicht und hinters Ohr zurück. Das freche Grinsen, das seine Lippen umspielte, sah seinem alten Selbst schon ähnlicher. „Bist du okay?"

„*Oh ja*, absolut. Und du?"

Er zuckte mit den Schultern.

„Bist du …?"

Eine seiner Augenbrauen hob sich, als hätte sie gerade etwas ziemlich Dummes gefragt. „Nein. Mir hat es gefallen, dich kommen zu sehen, aber nein."

Auch wenn sich ihre Glieder nach dem Orgasmus wie Pudding anfühlten, wollte sie nicht, dass der Moment schon zu Ende war. Sie wollte ihn mehr berühren, seinen Mund, seinen Körper.

Rox rutschte vom Sofa, sank zwischen seinen Beine hinunter, bis sie auf dem Teppichboden kniete. Sie öffnete seine Gürtelschnalle.

„Nein", sagte er und griff nach ihrem Ellenbogen. „Nicht."

„Quid pro quo." Der rechtliche Ausdruck bedeutete, *etwas für etwas anderes*, ein fairer Tauschhandel. Sie zog den Reißverschluss seiner Hose auf und zerrte an dem Denim und seiner Boxershorts.

„Du solltest das nicht tun." Dennoch hielt er sie nicht davon ab.

„Ich will aber." Eine dünne Haarspur verlief von seinem Bauchnabel zu seiner Hose hinunter. Sie strich mit der Hand an dem weichen Haar und den harten Muskelplatten entlang und zog dann seine Boxershorts runter.

Sein Glied sprang heraus, ein langer, harter Schaft mit einem rundlichen Kopf.

Wow, die Frauen aus dem Büro hatten nicht übertrieben. Das Teil war *riesig*.

Sie leckte an seiner Länge hoch bis zur Kerbe unterhalb seiner Eichel.

„Mir sind alle Gegenargumente ausgegangen", sagte er.

„Das hört man nicht oft von einem Anwalt." Sie presste ihren Mund auf seine Spitze und öffnete langsam ihre Lippen, so als würde er sich in sie schieben.

Sein Atem stockte und seine kräftige Brust hob und senkte sich unter seinem engen T-Shirt.

„Du kannst später auf Unzurechnungsfähigkeit plädieren." Sie legte ihre Lippen wieder auf ihn und spürte, wie seine Hände vorsichtig ihr Haar berührten, federleicht darüberstrichen.

Seine Stimme war tiefer, knurrte in seiner Kehle. „*Non compos mentis*, Unzurechnungsfähigkeit, funktioniert nur, wenn die Handlung legal ist. Ich glaube, jeder halbwegs gute Anwalt könnte *mens rea* nachweisen." Einen schuldbewussten Geist.

Sie fuhr mit den Händen an seinen harten Bauchmuskeln hoch, bevor ihre Finger wieder an den Vertiefungen des Vs hinunterwanderten. „Warum ist das hier anders als das, was du gerade mit mir gemacht hast?"

„Weil es das einfach ist. Morgen werden die Schuldgefühle mich erdrücken. Aber heute Abend, mit dem Wein, mit *dir*, und wie schön du bist …"

Rox saugte sein Glied in ihren Mund, um ihn zum Schweigen zu bringen, und es funktionierte. Cash stöhnte und griff nach ihr, vergrub seine Finger in ihrem Haar.

Sie rieb mit der Zunge über seine samtige Spitze, umschlang sie, bevor sie ihn tiefer in ihren Mund nahm und einen Hauch von Salz schmeckte. Während sie sich tiefer an ihm hinunterarbeitete und sein Schwanz gegen ihre Kehle drückte, stieg sein Parfüm und der schwache erdige Duft seines natürlichen Geruchs in ihre Nase.

Er stöhnte wieder, rieb mit seinen Fingern über ihre Kopfhaut und wisperte: „Ich bin gleich so weit. Dich so zu sehen macht mich fertig."

Rox leckte ihn enthusiastischer und schob sich weiter auf ihn runter. Nur für eine Minute hob sie den Kopf und ertappte ihn dabei, wie er auf sie runterstarrte. Ein hungriger Ausdruck lag in seinen grünen Augen. Er schaute auf ihre Lippen, die immer noch an seinem Glied lagen, und runter zu ihren Brüsten, weil sie immer noch nackt war.

Eine flüssige Perle benetzte ihre Zunge.

Sie leckte ihn weiter, spürte die weiche Haut, die sich über seine Härte spannte, und saugte an seiner Länge hinab. Gott, er war *wirklich* lang und breit, wie all die kichernden Frauen im Büro versprochen hatten. Rox stülpte ihren Mund über ihn, bis er gegen ihren Rachen drückte, und schlang dann eine Hand unten um seinen Schaft, wo ihre Lippen ihn nicht mehr erreichen konnten.

Er wölbte sich unter ihr, und seine Atmung beschleunigte sich. „Wenn du nicht willst, dass ich komme, hör jetzt auf."

Sie richtete sich etwas auf, um besseren Zugang zu ihm zu haben, und senkte sich noch tiefer auf ihn. Sein Schwanz füllte ihren Mund mit seinem männlichen Geschmack, und sie rieb mit der Zunge über seine Vorderseite, während sie schluckte.

Seine Hände verkrampften sich in ihrem Haar, und er stieß in ihre Kehle hoch. Sein Körper wölbte sich heftig unter ihren Händen. Rox stützte sich an seinen sehnigen Beinen ab, die Muskeln seiner Oberschenkel spannten sich unter dem Denim an. Sein Stöhnen wurde zu einem Grunzen, ging in einen wortlosen Schrei über, und salzige Wärme spritzte in ihren Mund.

Cash hielt keuchend ihren Kopf auf sich, seine Finger zuckten in ihrem Haar.

Die Spannung in seinem Körper entlud sich, und er sackte aufs Sofa zurück.

Rox saugte noch einmal an ihm, während sie ihn freigab, womit sie sich ein letztes Stöhnen und ein Verkrallen seiner Finger in ihren Haaren verdiente.

Als sie aufstand, lehnte Cash sich nach vorne und packte sie um ihre Taille herum, zog sie zu sich. Er schloss schnell seine Hose und schlang dann beide Arme um sie, drückte sie an sich. Seine unverbundene Wange ruhte an ihrer.

Sein Griff war so fest, so verzweifelt, dass Rox sich auch an ihm festklammerte. Er zitterte nicht oder so was, sondern hielt sie nur, also schmiegte sie sich an ihn. Er umschlang sie fester, presste ihre nackte Haut an seinen muskulösen Körper.

„Alles okay?", wisperte sie.

Seine Stimme an ihrem Ohr war rau, als er antwortete: „Morgen werde ich mich dafür hassen, aber lass mich für den Moment so tun, als wäre das hier der Anfang von etwas gewesen."

Er hielt sie viel zu lange in seinen Armen, so lange, dass sie schon bereit war, sich aus ihnen herauszuwinden, doch dann lockerte er schließlich seinen Griff und ließ zu, dass sie sich zurücklehnte.

„Lass uns jetzt nicht reden", meinte Rox.

„Nein. Nicht jetzt." Er bückte sich, hob ihre Klamotten vom Boden auf und wartete, bis sie sich wieder angekleidet hatte.

Dann nahm er ihre Hand, begleitete sie zu ihrem Zimmer und gab ihr einen sanften Gutenachtkuss.

Alle drei Katzen folgten Rox wie eine kleine pelzige Herde in ihr Zimmer, auch wenn Speedbump Cash sehnsuchtsvoll hinterherschaute, als dieser den Flur zu seinem eigenen Zimmer hinunterging. Schließlich kam er jedoch ganz reingetapst und sie schloss die Tür hinter ihm.

Am nächsten Morgen fand Rox Cash draußen auf der Veranda vor. Er lehnte gegen das Holzgeländer, hinter dem es steil runter zu den Steinbrocken und dem hohen Unkraut ging.

KAPITEL 7
DER SPIEGEL

Nachdem Casimir Rox zu ihrem Zimmer gebracht hatte, stellte er sich unter die Dusche, ließ das warme Wasser auf seinen Körper prasseln und versuchte nicht zu bereuen, was mit Rox im Fernsehzimmer passiert war.

Erinnerungen an ihre weiche Haut, seine Hände, die voll mit ihren üppigen Brüsten und ihrem gloriosen Hintern gewesen waren, und an ihren Mund, der ihn eingesaugt hatte, stiegen vor seinem inneren Auge auf, während er sich den Speichel und den Sexschweiß von der Haut wusch.

Jede Minute davon war einfach nur himmlisch gewesen, besonders als er sie danach in seinen Armen gehalten hatte, gesättigt und in gedankenloser Glückseligkeit schwelgend, während er sie an sich drückte, ihre femininen Kurven an seinem Körper spürte und ihren schwachen Duft einatmete.

„Gedankenlos" war richtig. Wie konnte er so dumm sein? Die Frau war *verheiratet*.

Wenn er an die Eltern seiner Freunde, selbst an seine eigenen Eltern dachte, hatten sie sich alle voneinander entfremdet, wenn sie nicht sogar geschieden waren. Seine Eltern lebten getrennt, sahen einander nur auf offiziellen Veranstaltungen und dann auch nur kurz, ohne sich wirklich richtig zu sehen. Cash glaubte, dass seine Mutter die erste Affäre gehabt hatte, aber sein Vater hatte definitiv mehr gehabt. Sie hassten einander so leidenschaftlich, dass sie sich zweifellos einmal geliebt haben mussten.

Casimir, seine Geschwister und die meisten seiner Freunde hatten in den Schulferien in der Schusslinie zwischen ihren jeweiligen Elternteilen gestanden, hatten mitangesehen, wie es immer mehr Streit gab, und sich gewünscht, dass es aufhörte.

Aber das tat es nie. Mit jeder Affäre, jedem rachsüchtigen One-Night-Stand war der Hass nur noch stärker geworden.

Casimir tat das anderen Leuten nicht an. Er würde nicht der Grund dafür sein, dass Beziehungen in die Brüche gingen und Kinder nicht mehr mit beiden Elternteilen zusammen zu Abend essen konnten.

Er mochte all die Dinge sein, die man ihm nachsagte – ein Herzensbrecher, Schürzenjäger, Weiberheld – aber niemand hatte ihn bisher einen Ehebrecher genannt.

Casimir stieg aus der Dusche, trocknete sich ab und ging zum Waschbecken. Über dem Becken war ein Gemälde eines Stilllebens mit mehreren Früchten unter einer dicken Glasschicht eingerahmt, welche die Feuchtigkeit des Badezimmers von der Farbe fernhielt. Die üppigen Pfirsiche und Äpfel,

gezeichnet in schimmernden Gold- und Bernsteintö-
nen, erinnerten ihn zu sehr an ihre Haut.

Er stellte den Kosmetikspiegel, den er immer fürs
Rasieren benutzte, zu seiner Rechten auf. Ein kurzer
Blick hinein zeigte ihm seine makellose Wange auf
dieser Seite. Er putzte sich die Zähne, während er
den Blick auf das Gemälde oder das kupferne
Waschbecken gerichtet hielt. Dann wickelte er etwas
Verbandstoff von einer Rolle ab, befestigte ein paar
Streifen Heftpflaster daran und presste das Teil auf
seine linke Wange. Dabei erhaschte er im Spiegel
einen kurzen Blick auf die pinke, wulstig vernarbte
Haut.

Monster.

Er hätte es nicht tun sollen. Hätte sie nicht
halten, sie nicht schmecken, nicht sehen sollen, wie
sie sich den Wogen der Leidenschaft hingab.

Jetzt wusste er, was er nicht haben konnte.

Und er hatte es wahrscheinlich nur so weit
kommen lassen, weil diese verfluchte, abscheuliche
Narbe sein Gesicht verunstaltete. Sie verspottete ihn,
verdarb ihn innerlich.

Monster.

Und nun hatte er den Timer gestartet. Die
letzten drei Jahre mit ihr waren eine süße Folter
gewesen, aber er hatte keinen Tag daran gezweifelt,
dass sie ewig so weitermachen konnten. Sie hatten
nichts miteinander. Er hatte sich ihr nicht aufge-
drängt. Ihre Zeit hatte kein Limit.

Aber jetzt waren *Dinge* passiert.

Bald würde sie sehen, was er war, und alles
würde in sich zusammenfallen. Selbst wenn sie nicht
verheiratet wäre, würde sie nicht bei ihm bleiben.
Nicht bei einem rückgratlosen Mann, der sie ange-

fallen und ihr dann praktisch seinen Schwanz in den Mund gestoßen hatte.

Ah, *da* waren die erdrückend schweren Schuldgefühle. Casimir hatte sich schon gefragt, wie lange es dauern würde, bis sie auftauchten.

Er streifte sich eine Pyjamahose und ein T-Shirt über und wanderte bis zum Sonnenaufgang durchs Haus. Als die Sonne hinter dem Haus aufstieg, ging er auf die Veranda hinaus, um sich anzusehen, wie das Sonnenlicht die Luft erfüllte und sich über das Meer hinweg erstreckte.

Ihm war nicht einmal richtig bewusst, was er tat, als er aufs Geländer klettere, um sich darauf zu setzen. Seine nackten Füße baumelten über der Stelle, wo die Veranda über der Seite des Berges hinausragte. In der Tiefe krachte das Meer gegen die Felsbrocken der Klippe.

Unter seinen Zehen tummelten sich am Berghang Schatten zwischen den Felsen und Gräsern.

Er wusste immer noch nicht, warum er gestern Abend mit Rox so weit gegangen war. Das würde nichts außer Herzschmerz mit sich bringen. Möglicherweise hatte er die Beziehung zwischen ihr und ihrem Mann ruiniert, auch wenn er vermutete, dass er sowieso nur ein Mitleidsfick gewesen war und sie angewidert sein würde, wenn sie jemals die Abartigkeit, die sich unter dem Verband an seiner Wange verbarg, zu Gesicht bekam.

Nein. Nicht Rox.

Sie war nicht wie die anderen.

Wie *all die anderen*.

Er wusste, dass diese geflüsterten Gedanken Phantomschmerzen waren, nur eine Erinnerung an den jahrealten Herzschmerz, aber die Reue verstärkte das Flüstern.

Und das Wissen, dass er sie bald verlieren würde, paralysierte ihn, denn sicherlich würde sie nicht länger mit ihm im selben Haus bleiben wollen.

Tief unter ihm wisperten die Schatten zwischen den Felsen, klangen wie die harte Wahrheit.

Niemand konnte das Monster lieben.

Seine nackten Füße baumelten über der Leere, während hinter ihm die Sonne am Himmel empor-stieg und seinen Rücken erwärmte, wie eine Hand, die ihn anstieß.

KAPITEL 8
NICHT SPRINGEN, SONDERN FALLEN

Rox stand in der offenstehenden Tür, die zur Veranda führte, stützte sich mit einer Hand an der Wand ab, während Cash sich draußen viel zu weit über das dicke Holzgeländer lehnte, das sich an der Seite der Klippe befand. Die Meeresbrise, die an diesem Morgen recht stark war, presste ihren Pyjama eng an ihren Körper, und der gefliese Boden fühlte sich unter ihren nackten Füßen kalt an.

Er beugte sich sehr weit über das Geländer. Seine Füße standen auf der Veranda, aber den Großteil seines Gewichts hatte er auf seine Ellenbogen verlagert, die auf dem Geländer ruhten. Es wirkte beinahe so, als würde er kippeln, versuchen, rüberzufallen.

Normalerweise saß er auf einem Stuhl oder stützte sich mit den Händen am Geländer ab. Das hier tat er sonst nie.

Die Anspannung in seinem Körper schrie danach, dass er über die andere Seite fallen wollte.

„Cash", sagte Rox, darum bemüht, ihre Stimme ruhig und sanft zu halten, so als würde sie mit einem schreckhaften Hundewelpen im Tierheim reden. „Cash, Darling. Komm ins Haus rein."

„Ich schaue mir nur den Sonnenaufgang an", erwiderte er und schaute weiter auf das düstere Meer hinaus.

„Der Sonnenaufgang ist aber auf der anderen Seite, in Richtung der Berge. Lass ihn uns zusammen ansehen."

„Ich stehe hier nur."

Sie hatte im Tierheim hunderte von Tieren beruhigt. Tiere, die ihren Besitzern hinterhertrauerten, nachdem sie ausgesetzt worden waren, weil sich keiner mehr um sie kümmern wollte. Schreckhafte Babys, die nie zuvor hochgehoben worden waren, und missbrauchte Tiere, deren letzte Erfahrung mit Menschen grausam gewesen war.

Cash war nicht anders, nur dass Rox keine Ahnung hatte, was sie mit ihm tun sollte.

„Ich werde mich neben dich stellen", sagte sie.

Er zuckte mit den Schultern.

Sie ging zu ihm und legte ihre Arme neben ihm aufs Geländer, ohne ihn zu berühren oder zu packen. Der Sonnenaufgang färbte den Horizont pink und der vom Meer kommende Wind trug den Geruch von Salz und Seetang mit sich. „Ein schöner Anblick."

Er nickte.

Sie rückte langsam ihren Arm näher an ihn heran, berührte seinen Ellenbogen und schob ihre Hand durch seine Armbeuge. Wenn er sich dafür entscheiden sollte, zu springen, würde ihr Griff ihn nicht aufhalten, aber sie war sich sicher, dass er sie nicht mit sich runterziehen würde.

Ihr Arm könnte ihn jedoch stützen, falls er schwanken sollte.

Er schaute seufzend aufs Meer hinaus. Eine kühle Meeresbrise fuhr durch Rox' T-Shirt und strich Cashs Haar aus seinem Gesicht.

„Ist gestern Nacht noch etwas passiert?", fragte sie.

„Ich habe nachgedacht."

„Das müssen ziemlich ernste Gedanken gewesen sein."

„Mir geht es gut."

„Lass uns reingehen, okay?"

„Ja, sicher."

„Frühstück?"

„Sicher."

Sobald sie drinnen waren, verschloss Rox die Verandatür. Nicht dass ihn das aufhalten würde, aber es könnte ihn dazu bringen, einen Moment innezuhalten und nachzudenken.

In der Küche setzte Cash sich an den Tresen, während Rox die Kaffeemaschine anschaltete und nachdenklich dabei zusah, wie sie vor sich hin brodelte. Die Küche war eine modernisierte Version der spanischen Kolonialeinrichtung des restlichen Hauses, mit schwarzen Elektrogeräten, Quarzstein-Arbeitsflächen und honigfarbenen Holzschränken, die über ihnen hingen. Die backsteinroten spanischen Fliesen waren kühl unter ihren Füßen.

„Es ist heute Morgen zu frisch, um nur im Pyjama rauszugehen", meinte sie, als sie ihm eine Tasse Kaffee reichte.

„Ja. Danke." Er nippte an dem Getränk und verzog das Gesicht, weil es noch heiß war.

„Wie lange hast du so über dem Geländer gelehnt?"

„Seit ich dich kommen gehört habe."

„Und davor?"

Cash gab einen Löffel Zucker in seine Tasse. „Ich habe auf dem Geländer gesessen."

Oh, Gott. „Warum hast du das getan?"

„Ich habe mich einfach irgendwie dort oben wiedergefunden."

„Hast du daran gedacht zu springen?"

Er rührte seinen Kaffee um. „Nach einer Weile habe ich ans Fallen gedacht."

„Das ist dasselbe."

„Nein. Das Springen ist eine bewusste Entscheidung. Das Fallen passiert einfach."

„Man fällt nicht einfach so. Du musstest zuerst aufs Geländer raufklettern."

„Ich war gut eine Stunde lang da oben."

„Du lieber Himmel, Cash. Mir wäre längst der Hintern abgefroren."

Er zuckte mit den Schultern.

„Vielleicht bin ich nicht die sexuell erfahrenste Person auf der Welt, aber meine Blowjobs haben noch nie jemanden dazu gebracht, Selbstmordgedanken zu haben."

Er blinzelte, überrascht von ihren schockierenden Worten, und lächelte dann. „Die letzte Nacht war das Beste, was mir seit Jahren passiert ist."

„Das bezweifle ich. Ich weiß, wie dein sozialer Kalender aussieht, mein Großer. Also, gehört es zu deiner täglichen Routine, das Schicksal herauszufordern?"

„Nein."

„Warum dann heute Morgen?"

Cash setzte seine Kaffeetasse äußerst vorsichtig auf dem schimmernden Quarzsteintresen ab und drehte die Tasse zwischen seinen Handflächen. „Ich habe noch nie etwas mit einer verheirateten Frau gehabt."

„Wir haben nicht miteinander geschlafen. Es war nur ein Ausrutscher. Es war nicht bedeutsam genug, um sich darüber aufzuregen."

„Es war bedeutsam für mich."

„Wie sehr belastet dich diese Sache?"

Er drehte die Tasse in seinen Händen. „Hast du jemals daran gedacht ..." Er hielt kurz inne, „... zu fallen?"

„*Niemals.*"

Er schaute mit ernstem Blick zu ihr auf. „Das ist eine energische Antwort."

„Selbstmord ist ein Verbrechen, weil es eine Gewalttat gegen eine ganze Familie und Gemeinschaft ist. Es ist wie eine Kugel im Herzen von jedem, der diese Person geliebt hat. Die Leute, die zurückbleiben, trauern um das Mordopfer und hassen den Mörder, aber das ist ein und dieselbe Person, und du liebst sie. Das ist unerträglich."

Er beobachtete sie immer noch, musterte jede noch so kleine Veränderung in ihrer Miene. „Wer ist gestorben?"

Rox nahm einen großen Schluck heißen Kaffee, bevor sie antwortete: „Meine Mutter. Ich war acht. Ich habe sie gefunden."

„Wie hat sie es getan?"

„Schrotflinte."

Cash verzog das Gesicht und hob wieder seine Kaffeetasse. „Tut mir leid. Das ist brutal."

„Das *Wie* ist ganz egal. Was zählt, ist, *dass* sie es getan hat."

Er nickte, starrte dabei aber in die schwarzen Tiefen seiner Tasse.

Rox schob ihre eigene Tasse zur Seite und griff nach seiner Hand. Seine Finger fühlten sich kalt an. Wie lange war er dort draußen gewesen? „Ich könnte es nicht ertragen, dich zu verlieren."

Seine strahlend grünen Augen weiteten sich überrascht, und er schaute auf ihre ineinander verschränkten Hände auf dem Tresen hinunter.

„Versprich mir, dass du es nicht tun wirst. Versprich mir, dass – was immer es auch ist – du der Sache einen weiteren Tag geben wirst, einen weiteren Tag bei *mir* bleibst. Du musst für *mich* bleiben."

Er schaute wieder zu ihr hoch und erwiderte mit heiserer Stimme: „In Ordnung."

„*Versprich* es mir."

„Ich verspreche es", sagte er.

Sie glaubte ihm nicht wirklich, aber sie ließ dennoch seine Hand los. „Bist du krank? Hast du Krebs?"

Er schüttelte den Kopf.

„Was fehlt dir dann?"

„Wahrscheinlich hatte ich nur nicht genug Kaffee."

„Seit dem Unfall bist du niedergeschlagen. Manchmal lebst du für eine Weile wieder auf, aber dann verfällst du wieder zurück in deine düstere Stimmung. Es liegt nicht nur an deinem Auto, oder?"

„Dem Maybach? Nein. Ich glaube, ich werde mir als Nächstes etwas Größeres anschaffen."

„Ich beobachte dich bereits seit Wochen und habe mich gefragt, ob dir solche Gedanken durch den Kopf gingen."

„Es geht mir gut. Ich wäre nicht gesprungen, und jetzt habe ich dir auch versprochen, dass ich es nicht tun werde."

Rox hatte solche Versprechungen schon einmal gehört.

KAPITEL 9
DER ANRUF

Rox versteckte sich in ihrem Badezimmer – die Katzen wuselten zu ihren Füßen herum und mampften das Trockenfutter aus ihren jeweiligen Fressnäpfen – und rief die lange, internationale Nummer in der Kontaktliste ihres Handys an, während sie sich eine heiße Träne aus dem Auge wischte.

Das Freizeichen ertönte.

Wieder und wieder.

Rox biss sich auf die Unterlippe. Speedbump fauchte Midnight an, der mit seinem Fressnapf gegen seinen stieß. Sie knuffte ihn gegen die Stirn, und er richtete seinen stinkigen Blick stattdessen auf sie.

Es tutete noch ein paarmal.

„*Hallo?*", meldete sich schließlich eine Frauenstimme.

„Hi, ich würde gern mit Ana, Cashs Schwester, sprechen. Roxanne Neil ist mein Name."

„Hallo, Rox. Freut mich, von Ihnen zu hören. Ist alles in Ordnung?"

„Im Moment geht es ihm gut, aber ich mache mir Sorgen um Cash. Hatte er früher schon einmal Probleme mit Depressionen?"

Stille folgte. Dann räusperte Ana sich. „Wir hatten in der Vergangenheit diesbezüglich ein paar Sorgen, aber er hat eine Therapie strikt abgelehnt."

„Ich habe heute Morgen gesehen, wie er sich etwas zu weit über den Rand der Veranda rausgelehnt hat. Und er meinte, dass er auch auf dem Geländer gesessen hat. Von dort aus ist es ein langer Weg nach unten."

„Ich verstehe." Rascheln war am anderen Ende der Leitung zu hören.

„Das ist für mich ein heikles Thema. Einige Leute haben einen fast schon übernatürlich guten Radar dafür, wenn ihr Partner sie betrügt. Ich habe einen Selbstmordradar. Und Cash löst ihn aus."

Ana sagte etwas mit gedämpfter Stimme zu jemand anderem, wahrscheinlich auf Niederländisch. Dann bat sie Rox, fortzufahren.

„Ich habe das Haus gewissermaßen kindersicher gemacht, aber ich weiß nicht, wie viel länger ich das noch tun kann."

„Können Sie noch bis morgen bleiben? Ich würde es als einen persönlichen Gefallen betrachten."

„Oh, ja. Natürlich. Ich meinte damit länger als ein paar weitere Wochen."

„Gut. Ich kann keine Aufpasser oder Ärzte schicken, weil er sie sofort fortschicken oder ihnen aus dem Weg gehen würde. Ich werde veranlassen, dass morgen zwei seiner Freunde bei ihm vorbeikommen, Arthur und Maxence. Kennen Sie die beiden?"

Arthur und Maxence? „Er hat sie nie erwähnt."

„Beide sind große, kräftige junge Männer, die dazu imstande sein sollten, ihn körperlich zurückzuhalten, falls es hart auf hart kommt, und ihn vielleicht auf bessere Gedanken bringen können. Erzählen Sie ihm nicht, dass die zwei auf dem Weg sind. Er wird sich nur aufregen, und in einigen Fällen ist es besser, erst zu handeln und später um Vergebung zu bitten, als vorher um Erlaubnis zu fragen. Finden Sie nicht auch?"

Zu einem anderen Zeitpunkt hätte Rox gelacht.

Stattdessen sagte sie nur: „Ich danke Ihnen."

Noch ein Tag, bis Arthur und Maxence kommen würden.

KAPITEL 10

VORM ABENDESSEN

C ash lehnte sich gegen den Küchentresen und fummelte an seinem Handy herum. „Du musst mir nicht auf Schritt und Tritt folgen."

„Ich wollte auch ein Glas Wasser", meinte Rox. „Außerdem wird das Abendessen in ein paar Minuten geliefert. Ich dachte, ich könnte schon mal etwas Besteck und zwei Gläser holen, bevor wir uns wieder an die Arbeit machen."

Cash lächelte sie an, sein Grinsen spiegelte sich in seinen strahlend grünen Augen wider. „Du musst dir keine Sorgen um mich machen. Die Dinge, die im Dunkeln und nach ein paar Drinks recht trostlos ausgesehen haben, erscheinen heute schon viel machbarer."

Tatsächlich hatte er heute in seinem kleinen Heim-Fitnessstudio trainiert, an den Verträgen gearbeitet und ein Dutzend Anrufe getätigt, um für die nächsten Wochen Meetings zu arrangieren. Zum ersten Mal seit langem hatte er auch eine Meinung zum Abendessen gehabt.

Vielleicht war die Erfahrung von letzter Nacht eine Art Weckruf gewesen. Vielleicht war das der Tiefpunkt, den er hatte erreichen müssen, bevor er sich wieder hochkämpfte.

Ja, das Rummachen mit Rox war wahrscheinlich ein Tiefpunkt in Cashs Leben gewesen.

Wahrscheinlich war er von sich selbst angewidert, dass er sich von dem molligen Mädchen hatte antörnen lassen, es sofort bereut, mit dem kleinen Schweinchen rumgesaut zu haben. Es war ihr noch nie passiert, dass ein Kerl von ihren breiten Oberschenkeln zu Suizidgedanken getrieben worden war, aber sie hatte auch noch nie mit jemandem rumgemacht, der so heiß war wie Cash. Vermutlich hatte er viel höhere Standards und die letzte Nacht musste ihm nur allzu deutlich vor Augen geführt haben, wie tief er gesunken war.

Rox umklammerte das Wasserglas fester, weil ihre Handflächen schwitzten.

Sie war sich sicher, dass er in den nächsten paar Tagen vor die Haustür gehen würde, vielleicht wenig später in irgendeiner Bar ein dürres California Girl aufgabeln und dann mit ihr hübschen Porno-Sex haben könnte anstatt des Grunzens und Schwabbelns, das niemand sehen wollte.

Vielleicht hätte Rox Cash nicht so schnell an seine Schwester verpetzen sollen. Es schien ihm jetzt wieder gut zu gehen.

Vielleicht würden die zwei Männer, Arthur und Maxence, ihn zu einer Party oder so etwas mitschleppen, wenn sie das mollige Mädchen sahen, mit dem er notdürftig zusammenlebte, eine Art

Intervention, um sicherzugehen, dass er sich nicht auf eine Frau mit Kurven einließ.

Aber sie würde nicht in Selbstmitleid versinken, dachte sie, während sie ihr Glas am Wasserspender des Kühlschranks auffüllte.

Es war besser, dass die reale Welt jetzt intervenierte, bevor Cash ihr das Herz brechen konnte oder Schlimmeres.

Draußen vor dem Fenster senkte sich die Sonne, berührte gerade den Pazifischen Ozean.

„Wir müssen uns für unseren nächsten Anwaltsauftritt vorbereiten", meinte Cash. „Das Meeting mit den DiCaprio-Leuten ist in ein paar Tagen."

Sie beschäftigte ihre Hände damit, Besteck und Weingläser zu holen, während sie versuchte, sich *irgendetwas* einfallen zu lassen, was sie sagen könnte. „Du könntest deine Lizenz verlieren, wenn man uns erwischt."

„Niemand wird sich groß daran stören."

„Wir könnten beide ernsthaften Ärger bekommen."

„Nur noch ein weiteres Mal. Es ist einfacher, um Vergebung zu bitten anstatt um Erlaubnis, richtig?"

Vielleicht wäre es tatsächlich nur noch das eine weitere Mal.

Es klingelte an der Tür, das Geräusch hallte durchs Haus. Die Katzen hockten auf dem Boden und blickten sich misstrauisch um, wussten nicht, was sie von dem Läuten halten sollten.

„Oh, gut, das ist das Abendessen", sagte Rox. „Ich werde die Sachen holen und treffe dich dann im Fernsehzimmer."

KAPITEL 11
ABENDESSEN

Rox stellte die übereinander gestapelten Styroporboxen auf dem Couchtisch ab und schaltete den Fernseher an, klickte sich durch die Kanäle, um ihre Lieblings-Comedy-Nachrichtensendung zu finden, die sie jeden Abend beim Essen anschauten.

Die Katzen eilten unter den Tisch, rangelten um die besten Bettelpositionen, eine weitere schlechte Angewohnheit, die sie aufgegriffen hatten, seit sie mit Cash zusammenlebten. Vorher hatten sie entspannt zu Rox' Füßen gelegen, bis sie mit dem Essen fertig war. Danach waren sie für einen kleinen Abendsnack zusammen in die Küche gegangen. Jetzt waren die Stubentiger erbärmliche, kleine Bettler.

Cash folgte ihr ins Zimmer, mit einigen Flaschen Wein in den Händen, und Rox bemerkte erst, wie viele Flaschen er genau trug, als er sie klirrend auf dem Tisch abstellte.

„Drei?", fragte sie. „Ich glaube, dein teuflischer

Plan wurde zu einem diabolischen Komplott aufgewertet."

Er lachte, klang fast wieder so wie früher. „Kein diabolischer Komplott. Ich will nur sichergehen, dass ich heute Nacht schlafen kann."

Das blaue Licht vom Fernseher schimmerte auf den Weinflaschen. „Die werden sicherlich irgendeine Wirkung haben."

Er lächelte sie an und legte den Kopf schief. „Du wirst mir beim Trinken helfen, oder?"

„Sicher. Da kannst du dich auf mich verlassen."

„Dann hole ich noch eine Flasche für dich."

„Ach, hör schon auf."

Sie setzten sich auf ihre üblichen Plätze auf dem Sofa, nah genug, um sich zu unterhalten, aber nicht direkt nebeneinander, sodass sie sich nicht berührten.

Sie lachten durch die Sendung hindurch, so wie immer, und Rox dachte, dass sie vielleicht normal weitermachen konnten. Das kurze Rummachen und seine Depression waren nur Anomalien, nur Teil einer schlechten Nacht, und jetzt waren sie zurück in ihrer üblichen Routine, wo sie miteinander abhingen und scherzten.

Es war alles in Ordnung. Vielleicht würde Cash tatsächlich wieder zu einigen der Klienten-Meetings gehen und dann wäre er wieder ganz der Alte.

Vielleicht würde er bald diesen Verband von seiner Wange nehmen.

Als die Sendung zu Ende ging, fing Cash an: „Hör mal, wegen gestern Nacht …"

„Es ist okay", sagte Rox. „Was immer du auch sagen willst, es ist okay. Es war nur ein Ausrutscher."

Ein Lächeln umspielte seine Mundwinkel. „Das

ist nicht das, was du das erste Mal gesagt hast, als wir einen ‚Ausrutscher' hatten."

„Es hat dich diesmal offensichtlich sehr belastet, und ich will dich nicht als Freund verlieren. Du warst als Einziger für mich da, als meine Bestien und ich eine Zuflucht gebraucht haben. Du kannst dich darauf verlassen, dass ich für dich da bin, wenn du verletzt bist. Was immer auch passiert, lass uns daran nichts ändern, okay?"

Er neigte den Kopf zur Seite, sein Blick war von all dem Wein etwas wehmütiger geworden. „Aber du bist verheiratet. Ich hätte sowieso nie mehr für dich sein können."

Oh, ja. Das. „Das auch."

„Gestern war nur ein harter Tag. Das ist alles. Wir sind nur Freunde."

„Dem stimme ich zu."

Er hielt ihr seine Hand hin. „Dann haben wir einen Deal."

Seine Handfläche fühlte sich warm in ihrer an, und er lächelte die ganze Zeit, während sie einander die Hände schüttelten.

Sie schauten noch ein paar weitere Minuten lang fern, bevor sie in ihre jeweiligen Schlafzimmer zurückgingen.

In ihrem Zimmer angekommen, hielt Rox inne. Sie trug immer noch den teuren schwarzen Seiden-BH und den dazu passenden Slip, die sie online bestellt hatte. Das Paket war heute Nachmittag gekommen.

Ja, sie hatte wieder Dessous getragen, nur für den Fall, dass Cash etwas versucht hätte.

Es war dämlich, Dessous zu kaufen, wenn sie nicht einmal in einer Beziehung war, und vor allem, wenn der Kerl dermaßen außerhalb ihrer Liga war.

Und es war auch egal, dass sie sich heute Nachmittag ebenfalls die Beine rasiert hatte.

Sie wollte nicht einmal, dass Cash irgendetwas versuchte, ermahnte sie sich selbst. Sie wollte ihren Job behalten und weiter mit ihm zusammen arbeiten, mit ihm befreundet bleiben und die eine Frau sein, die Cash nicht vögelte und danach wegwarf.

Das war es, was sie die ganze Zeit über gewollt hatte.

Nur weil sie manchmal von ihm fantasierte, bedeutete das nicht, dass sie wirklich mit ihm schlafen wollte. Er war umwerfend attraktiv und hatte einen tollen Körper. Wahrscheinlich fantasierte jede Frau, die ihn kannte, von ihm.

Trotzdem behielt sie ihre Dessous an, als sie ihren Pyjama anzog, weil es ihr das Gefühl gab, dass es dort draußen doch noch einen Kerl geben könnte, dem es nichts ausmachte, dass sie etwas molliger war, und der nicht in eine tiefe Depression verfallen würde, nur weil ein dickes Mädchen mit ihm rumgemacht hatte.

Mann, sie hatte wirklich gehofft, dass Cash etwas versuchen würde, auch wenn sie es nicht wirklich wollte.

KAPITEL 12
IM MONDLICHT

Casimir ging den Flur entlang, schaute sich die eingerahmten Gemälde von Keramiken und Landschaften an, ohne sie wirklich zu sehen.

Vom ersten Moment an, seit sie sich kannten, hatte er gewusst, dass Rox verheiratet war.

Als sie das erste Mal in sein Büro gekommen war, um einen Vertrag zu besprechen, hatte er die Ringe an ihrer linken Hand gesehen und gewusst, dass er sie nicht anrühren durfte. Ansonsten wäre der Herzschmerz vorprogrammiert.

Aber er hatte sie angerührt.

Casimir schloss die Verandatür auf und trat hinaus, schloss die Tür wieder hinter sich, damit die Katzen nicht rausliefen. Ein Streifen Mondlicht schimmerte auf den Wellen. Die Brandung krachte unter ihm wütend gegen die Felsen.

Er hatte sie zu nah an sich rangelassen, sich erst auf der Arbeit auf sie verlassen, war dann zu freundlich geworden, hatte sich ihr gegenüber zu sehr geöffnet, dann darauf bestanden, sie und ihre Katzen bei sich zu Hause aufzunehmen, wenn die professionellere Wahl gewesen wäre, ihnen ein Hotelzimmer zu besorgen, und sie dann gebeten, bei ihm zu bleiben, während er sich erholte, weil er in seinem geschwächten Zustand nicht von anonymen Krankenschwestern gesehen werden wollte. Und jetzt das hier.

Er war ein Idiot, der sich in eine verheiratete Frau verliebt hatte.

Vor Jahren schon.

Natürlich hatte sie ihn zurückgewiesen.

Es hatte nichts mit dem Umstand zu tun, dass sein Gesicht verunstaltet war.

Auch wenn die in seinem Kopf widerhallenden Stimmen das Gegenteil behaupteten.

Er hatte diese flüsternden Stimmen den ganzen Tag lang unterdrückt.

In der dunklen Stille der Nacht, während alle anderen im Umkreis von mehreren Kilometern schliefen, erschien alles irgendwie schlimmer zu sein.

Der Verband juckte an seinem Gesicht, dort, wo seine Barstoppeln wuchsen. Sobald die ersten Haare aus seiner Haut sprießten, kratzte ihn der dämliche Verbandsstoff. Und das Tape juckte, wenn er lächelte, oder sprach, oder zuckte, oder sonst etwas tat.

Er zog den Verband von seiner Wange, knüllte ihn zusammen und ließ ihn in einen Blumentopf fallen, den er hier draußen als Mülleimer benutzte. Kühle Luft berührte sein Gesicht, und er strich mit den Fingern über die angespannte Haut. Das steife Narbengewebe fühlte sich erschreckend vertraut an.

Hinter ihm klickte die Verandatür und kratzte

über den Boden, das hörte er selbst über das Rauschen der Wellen hinweg.

„Cash?", hörte er Rox' Stimme.

Mist. Ausgerechnet in dem Moment, wo er sich den verfluchten Verband abgerissen hatte. Die knorrige Haut auf seiner Wange juckte, und er drückte eine Hand auf die monströse Narbe.

Es war zu dunkel, als dass sie ihn richtig sehen könnte. Er würde diese Seite seines Gesichts einfach von ihr abwenden. „Ich schaue mir nur den Mond an."

Im geisterhaften Mondlicht konnte er lediglich ihren Umriss sehen, als sie sich neben ihm ans Geländer lehnte. „Ich weiß. Ich vertraue dir."

Er lachte beinahe laut auf. *Gute Taktik.*

„Ich glaube, wir sollten morgen nach einem Haus für dich suchen", meinte er. „Ich kann dir bei der Anzahlung helfen, oder bei was immer du sonst brauchst. Ich weiß es sehr zu schätzen, dass du bei mir geblieben bist, als ich jemanden gebraucht habe."

„Jederzeit, Kumpel. Und ich kann schon selbst ein neues Zuhause finden. Mach dir darüber keine Sorgen."

Er schaute auf die dunkle See hinaus, die sich auftürmenden Wellen schimmerten mit silbernen Schaumkämmen. Ohne sie und ihre Katzen würde sich sein Haus leer anfühlen. Vielleicht könnte er sie dazu überreden, Pirate bei ihm zu lassen. „Ich finde, wir haben das hier relativ gut gemeistert, wenn man die Umstände bedenkt. Zwei gesunde Erwachsene, zusammengepfercht in einem Haus. Es ist gut, dass du verheiratet bist. Wer weiß, was für unaussprechliche Dinge sonst hätten passieren können."

„Ja." Das Mondlicht berührte ihr Haar, einige Strähnen, die ihr Gesicht umrahmten, wiegten sich in der nächtlichen Brise.

„Ich entschuldige mich für die unaussprechlichen Dinge, die passiert sind", fügte er hinzu.

„Cash, nichts ist passiert. Es war nur ein kleiner Ausrutscher."

„Dein Ehemann verreist viel. Wir sind viel zusammen."

„Das ist wahr."

Er griff nach der Stange des Geländers. „Ich habe eine Frage. Bitte fühle dich dadurch nicht gekränkt. Ich tue es auch nicht."

„Mensch, Cash. Das klingt unheilvoll." Ihre helle Stimme klang so, als würde sie scherzen.

Seine Hände umklammerten das dicke Holzgeländer fester. „Versuchst du, einen Vorwand zu schaffen, um dich von ihm scheiden zu lassen? Frauen haben mich schonmal dafür benutzt. Eine Affäre ist ein guter Grund, um sich scheiden zu lassen, wenn man es nicht länger in der Beziehung aushält."

Ihr scharfer Bick rügte ihn für diese Unterstellung. „Nein! Du lieber Gott, so etwas würde ich niemals tun."

Das hatte er auch nicht geglaubt, und dennoch war jetzt etwas spürbar anders zwischen ihnen. „Wir sind seit langer Zeit Freunde, seit drei Jahren. Wir hatten nie zuvor ‚Ausrutscher'."

„Wir waren auch noch nie auf so dichtem Raum zusammen eingepfercht."

„Wir verreisen ständig zusammen. Daran liegt es nicht."

Rox verlagerte unruhig ihr Gewicht von einem

Bein aufs andere und kratzte an dem Holz des Geländers.

„Ich bin nicht verheiratet", sagte sie unvermittelt.

Ein kalter Luftstoß ließ ihn zurückweichen, und er richtete sich auf, hielt sich am Geländer fest, für den Fall, dass seine Knie unter ihm nachgaben.

Er konnte nicht atmen. Er konnte das Geländer unter seinen Händen weder sehen noch spüren.

Es war ihm egal, ob sie gerade log.

Vorsichtig, für den Fall, dass er sich verhört hatte, und um seine Stimme vom Zittern abzuhalten, fragte er: „Was hast du gesagt?"

KAPITEL 13

SINNESWANDEL

Rox starrte den rechteckigen Zirkonia und die Plastikringe an ihrer Hand an, konnte aber in der dunklen Nacht nur ein blasses Schimmern erkennen, als der klare Kristall etwas vom Mondlicht einfing. Abgesehen von dem dämmrigen Licht, das durch die Verandatür aus dem Haus zu ihnen herausdrang, war es dunkel um sie herum.

Cash hatte sich ihr zugewandt.

Es fühlte sich gut an, ihm die Wahrheit zu gestehen. Sie war niemand, der fremdging. Es hatte ihr nicht gefallen, dass Cash glauben musste, dass sie ihren fiktiven Ehemann betrog.

„Ich bin nicht verheiratet", wiederholte sie. „Das war ich nie. Ich habe diese Ringe an meinem ersten Arbeitstag in einem Kaufhaus gekauft, für zwanzig Dollar."

„Du bist nicht *verheiratet?*", fragte er.

„Nein."

„Wer ist dann Grant?"

Sie holte ihr Handy hervor, kniff im Angesicht

des plötzlichen grellen Lichts kurz die Augen zusammen und suchte den Link zu der Talentagentur ihrer Freundin heraus. Dann hielt sie Cash den Handybildschirm hin, der einen Schritt von ihr wegtrat, weg vom grellen Licht. „Eine Erfindung meiner Fantasie, inspiriert von einigen Bewerbungsfotos. Ich glaube, er heißt Lorenzo oder so." *Lancaster Knox*. Der Name stand unten auf seinem Foto. Vielleicht hatte sie ihn ein- oder zweimal gegoogelt. Und die Klatschartikel gefunden, die sich damit befassten, mit wem er gerade ausging, und vielleicht war sie ihm auch auf Twitter gefolgt, wo er täglich größtenteils nackte Selfies postete.

Cash starrte ihr Handy an. Das Licht schien sein Gesicht in der dunklen Nacht von unten an, und er drehte seinen Körper und sein Gesicht von ihr weg. Er musste wieder diesen Verband verstecken. „Er ist ein Model."

„Natürlich. Wenn man schon imaginär verheiratet ist, will man mit jemand Heißem verheiratet sein."

„Und die Fotos von euch zwei im Urlaub?"

„Photoshop. Hat zehn Minuten gedauert."

„Machst du dich über mich lustig?"

„Nein." Sie zog sich die Ringe vom Finger, holte aus und warf sie in die Brandung unter ihnen. „Das waren nur billige Imitate."

„Hast du einen Freund?"

„Seit ungefähr zehn Monaten nicht mehr."

„*Warum* dann das alles?" Seine Stimme wurde schriller.

„Damit wir zusammen arbeiten können. Damit du mich nicht wie alle anderen verführen und dann wegwerfen würdest. Weil ich mich dann unter dem nächstbesten Stein verkriechen würde."

„Und du hast das alles getan, um jegliche Möglichkeit einer Beziehung mit mir im Keim zu ersticken."

„Es macht sowieso keinen Unterschied. Du bist ein Herzensbrecher, kein Pummeljäger."

„Ein *was?*" Seine Stimme brach diesmal.

„Ein Pummeljäger. Du kannst jedes Mädchen haben, das du willst, und du nimmst dir zweifellos *jedes* Mädchen, das du willst. Jedenfalls musst du wegen dem, was zwischen uns passiert ist, kein schlechtes Gewissen haben oder dich deswegen schämen. Es war nur einmal, es bedeutet nicht, dass du mich jetzt nicht wieder loswirst, und es war nichts Falsches, weil ich *nicht verheiratet* bin. Aber keine Sorge. Ich werde es niemandem erzählen. Ich werde den anderen versichern, dass du die ganze Zeit über ein perfekter Gentleman warst."

Aus den Augenwinkeln sah sie, wie Cash sich bewegte, bevor er nach ihrem Arm griff und sie herumwirbelte.

Er schlang einen Arm um ihre Taille. In der fast vollständigen Finsternis glaubte sie, dass er den Verband auf seinem Gesicht abgenommen haben könnte.

„Du schwörst, dass du nicht verheiratet bist?", knurrte er.

„Ich bin nicht verheiratet", versicherte sie ihm. „Das war ich nie."

„Stoße ich dich ab? Bin ich so hässlich, dass du es nicht erträgst, mich zu berühren? Willst du deshalb niemandem von uns erzählen?"

Er klang so wütend, dass Rox nicht einmal

lachen konnte, obwohl diese Frage völlig verrückt war. „Machst du Witze? Du, *hässlich?* Du bist *Cash Amsberg.* Wren hat ein Gedicht über deinen Waschbrettbauch geschrieben. Die Leute machen Fotos von dir, wenn du halbnackt Volleyball spielst, und verschicken sie weiter. Du hast eine Fanseite im Internet."

„Habe ich nicht", widersprach er.

„Ähm, doch, hast du. ‚Mehr Cash'. Du hast zwanzigtausend Likes."

Blasses Mondlicht berührte seine Wangenknochen und seine Kieferpartie. „Du hast meine Frage nicht beantwortet. Was ist mit *dir?*"

Rox versuchte, ihn anzusehen, aber auf ihn fiel so wenig Sternenlicht herab, dass sie gerade einmal den groben Umriss seines Gesichtes erkennen konnte.

War das sein Ernst?

So viele Gefühle erstickten seine Stimme, dass es wahr sein musste.

Rox ging tief in sich hinein und gestand ihm die Wahrheit: „Cash, manchmal, wenn ich dich anschaue, kann ich nicht mehr klar denken, weil meine Hormone so verrückt spielen. Aber darüber hinaus bist du auch klug, hast Prinzipien und bist lustig. Und du bist nett zu meinen Katzen, verwöhnst sie sogar bis zum Abwinken. Ja, du bist umwerfend, so umwerfend, dass mir der Atem stockt, wenn ich dich ansehe, aber du warst auch für mich da, als ich jemanden gebraucht habe. Das ist mir so viel wichtiger."

„Dann hast du das alles getan, damit wir zusammen arbeiten können?"

„Ich habe es getan, damit du mir nicht das Herz

brichst."

Während sie sprach, schlang sich sein anderer Arm um sie und hielt sie eng an seinen Körper.

Sie sollte ihn von sich wegschieben. Sie sollte das hier nicht tun.

Rox fuhr mit ihren Händen an seiner strammen Brust hoch. „Ich könnte es nicht ertragen, wenn wir miteinander schlafen würden und du mich danach wie Luft behandelst, mich einfach so abservierst."

„Und wenn ich verspreche, das nicht zu tun?"

„Oh, Cash. Ich wette, das sagst du zu allen Mädchen."

„Du bist nicht wie ‚alle Mädchen'. Du hast dich um mich gekümmert, als ich jemanden gebraucht habe. Du bist die einzige Person im Büro, auf die ich mich verlassen kann, vor allem, während ich herauszufinden versuche, ob Valerie unsere Klienten hintergangen hat."

„Ich bin froh, dass wir Freunde sind."

Er beugte sich zu ihr und wisperte: „Jeden Tag mit dir zu arbeiten, war eine große Versuchung. Ich musste mich täglich ein Dutzend Mal davon abhalten, dein Haar zu berühren, mich zu dir runter zu beugen und deinen Hals zu küssen, dich gegen eine Wand zu rammen und dir die Kleider vom Leib zu reißen. Warum hast du mir gerade jetzt erzählt, dass du nicht verheiratet bist?"

Oh, ja. Die Antwort auf diese Frage hatte gar nichts mit ihren Gefühlen zu tun oder so was. „Ich weiß nicht."

„Doch, das weißt du."

Lass dir schnell etwas einfallen. „Ich wollte dich nicht länger anlügen."

„Warum heute Nacht? Warum nicht morgen im

Büro oder woanders?" Seine Hand streichelte über ihr Haar. „Warum in meinem Haus, kurz vor Mitternacht, im Dunkeln, während wir beide leicht betrunken sind?"

Rox legte ihre Arme um seine Taille, spürte die starken Muskeln an seiner Körpermitte und seinem Rücken. „Weil mir der ‚Ausrutscher' gestern Nacht gefallen hat."

Seine Stimme wurde noch tiefer, rauer, als er erwiderte: „Mir auch."

„Und ich bin hier, du bist hier; wir sind allein. Im Büro bin ich das unscheinbarste, molligste Mädchen im Zimmer."

Sie sah, wie er sich runterbeugte, und seine warmen Lippen trafen im Dunkeln auf ihre. Er küsste sie langsam, öffnete lange Zeit nicht seine Lippen. Erst als sie ihre Arme um seinen Hals schlang und selbst ihre Lippen öffnete, vertiefte er den Kuss, liebkoste ihre Zunge mit seiner.

Nach einer Weile löste er sich von ihrem Mund und strich mit seinen Lippen wispernd über ihren Hals. „Du bist wunderschön, Rox. Ich will nie wieder hören, wie du das Gegenteil behauptest."

„Aber ich bin nicht …"

Seine Lippen verschlossen erneut ihre, und seine Finger packten ihren Hintern, gruben sich in ihr Fleisch. Sein Arm umschlang ihre Taille fester.

Als er den Kuss abbrach, knurrte er an ihrem Ohr: „Du bist wunderschön. Du bist üppig und saftig, und ich will jeden Zentimeter von dir ablecken. Wenn ich dich noch einmal sagen höre, dass du nicht schön bist, werde ich dich übers Knie legen und dir deinen nackten Hintern versohlen."

Rox' Augen weiteten sich, aber es war zu dunkel,

als dass sie dadurch mehr gesehen hätte. Keine der anderen Frauen im Büro hatte was von Hinternversohlen oder etwas in der Richtung gesagt, aber generell hatten sie die schmutzigen Details auch eher für sich behalten.

Und lediglich wissende Blicke ausgetauscht.

Oh, Gott. Er stand sicher auf allerlei Schweinekram. Er war Europäer, was sicherlich bedeutete, dass er von Anfang an sehr zügellos gelebt hatte und normaler Sex mit Frauen für ihn schnell langweilig geworden war.

Worauf hatte sie sich nur eingelassen?

Seine Stimme klang belegt, als er sich erneut vergewisserte: „Du schwörst bei *Gott*, dass du nicht verheiratet bist?"

Sie schüttelte im Dunkeln den Kopf, ihr Haar wirbelte an ihrem Hals und ihren Schultern herum. „Ich bin nicht verheiratet. Ich war nie verheiratet."

Sein Arm löste sich von ihrer Taille und strich an ihrem Arm hinunter zu ihrer Hand. Dann führte er Rox rücklings zurück, beinahe wie in einem Tanz, bis er sie herumdrehte und ihre Schulter nach unten drückte, damit sie sich hinsetzte.

Er hatte im Dunklen irgendwie einen der Liegestühle ausfindig gemacht, und Rox saß nun auf dem weichen Polster.

Moment, wollte er hier draußen auf der Veranda rummachen, auf einem der Liegestühle? Sie war sich nicht einmal sicher, wie das funktionieren sollte. Die Verandastühle waren stabil, wahrscheinlich aus Teakholz gemacht, aber für ihren breiten Hintern brauchte sie ein richtiges Bett.

Außerdem könnte jemand sie sehen, auch wenn die anderen Häuser weit weg waren. Jemand könnte mit einem Helikopter über sie hinwegfliegen oder so. „Cash, lass uns reingehen."

„Lass uns hier bleiben." Seine Stimme war tief, heiser. „Die Sonne wird erst in ein paar Stunden aufgehen."

Es gab hier draußen kein Licht. Der sichelförmige Halbmond versank im Ozean, was den Himmel und die Veranda noch mehr verdunkelte.

Die sie umgebende Nacht war wirklich sehr dunkel. Sie würden einander überhaupt nicht sehen können.

Sie wusste, dass er sich für seinen Köper nicht schämte, zumindest nicht für den oberen Teil, den er oft bei den spontanen Basketballspielen auf dem Dach der Parkgarage zur Schau stellte. Die schwarzen Tattoos, die seine linke Seite verzierten, waren nichts, was er zu verstecken versuchte. Und er hatte auch keinen Grund, irgendwelche Komplexe über das Paket in seiner Hose zu haben. Das konnte sie nach der gestrigen Nacht nur zu gut bezeugen.

Die undurchdringliche Finsternis um sie beide herum machte Rox beinahe schwindelig, und sie legte ihre Handflächen auf das Polster des Liegestuhls, um sich einigermaßen orientieren zu können.

Warme Haut schloss sich um ihr Fußgelenk, als Cash ihr Bein auf die andere Seite des Stuhls bewegte, sodass sie mit gespreizten Beinen auf der Liege saß.

Unter ihrem Hintern sank die Polsterung nach unten, und sie spürte, wie sich Cash ihr gegenüber hinsetzte. Seine Hände schlossen sich um ihr Gesicht, und seine Lippen berührten ihre, küssten sie sanft. Er strich wieder über ihre Beine, hob sie an und positionierte ihre Knie über seinen Oberschenkeln. Seine Hände erkundeten ihre Hüften, strichen über sie und packten ihre Beine durch ihre weiche Pyjamahose. Seine Lippen liebkosten ihre, warteten sanft drauf, wie sie reagierte, während seine Hände ihren Körper in der Dunkelheit erkundeten.

Rox fuhr mit ihren Händen an seinen Handgelenken hoch, über die Muskelstränge seiner Arme, bis zu seinen breiten Schultern. Sie war praktisch blind, so als hätte jemand ihr eine Kapuze über das Gesicht gezogen.

„Ich kann dich nicht sehen." Ihre Finger wanderten an seinem Hals hoch.

Er fing ihre Hand ab und gab ihr einen Kuss auf die Handfläche, seine Lippen fühlten sich warm auf ihrer Haut an. „Das musst du nicht."

Die Brandung tobte und rauschte unter ihnen, und aufgespritztes Salzwasser vernebelte die Luft.

Er drückte ihre Hand an seine Brust. Durch sein dünnes T-Shirt hindurch wärmten seine schweren Muskeln ihre Finger, und sie konnte das Pochen seines Herzens spüren.

Seine Finger bewegten sich zu ihren Rippen hoch, es kitzelte beinahe, und dann glitten sie unter ihr Pyjamaoberteil, um ihre Haut zu berühren. Sie atmete scharf ein, als seine kühlen Finger sie berührten, aber dann presste er seine warmen Hände an ihre Seiten. Als Nächstes schob er ihr Pyjamaoberteil hoch, zog es ihr über den Kopf.

Rox schaute sich erneut um, aber die Dunkelheit wurde nur durch das schwache Schimmern der Sterne über ihren Köpfen unterbrochen. Jetzt, wo der Mond untergegangen war, konnte sie kaum Cashs Wangenknochen und seinen Nasenrücken ausmachen. Er war beinahe nur ein dunkler Umriss vor dem Sternenhimmel.

Er fuhr an ihren Schultern hinunter, fand die Wölbungen ihrer Brüste, und sie hörte ihn für einen Moment summen, während er mit den Fingern die Spitze an der Oberseite und die Seide an der Unterseite ihres BHs nachzeichnete.

„Ich kann es kaum erwarten, das zu sehen", meinte Cash.

„Wir könnten reingehen", erwiderte sie, aber ihre Knie waren durch seine Berührungen bereits schwach geworden. Sie hätte sowieso nicht aufstehen können. „Du könntest es jetzt sehen."

„Nächstes Mal", murmelte er. „Ich kann es beinahe sehen. Was für eine Farbe ist es?"

„Schwarze Seide. Elfenbeinspitze." Ihre Stimme klang atemlos.

„Oh Gott", stöhnte er. Eine seiner Hände glitt um ihre Brust herum, und die andere stupste gegen ihre Schulter, drängte Rox gegen die hochgeklappte Rückenlehne des Liegestuhls zurück.

Als sie sich zurücklehnte, beugte er sich ebenfalls nach vorne, rieb mit der Nase über ihre Brüste, sodass sie seinen warmen Atem und seine heiße Zunge auf sich spürte. Sein T-Shirt strich über ihren Bauch, Rox packte den Baumwollstoff und zog ihn über seinen Kopf hoch. Sie warf das Teil zur Seite, hoffte, dass es ungefähr dort landen würde, wo er auch ihr Oberteil hingeworfen hatte. Wärme strömte über sie, sein Körper strahlte Hitze aus.

Er senkte den Kopf zurück zu ihren Brüsten und glitt mit einer Hand hinter sie, öffnete ihren BH und warf ihn zu dem unsichtbaren Klamottenhaufen neben ihnen.

Da nun ihr BH aus dem Weg war, öffnete er den Mund und saugte an ihren Brüsten, biss hinein und leckte dann über die Stelle, um ihre Haut zu beruhigen. Innerhalb von Minuten wand sie sich schwer keuchend unter ihm, aber sein Unterkörper lag zwischen ihren Beinen, und sie konnte nicht entkommen.

Sie fuhr mit den Händen durch sein Haar, durch die länger gewordenen Strähnen, und als sie die Hände zurückzog, kam sie nah an seinen Wangenknochen vorbei.

Er hörte auf, ihren Hals zu küssen, und setzte sich auf.

„Dreh dich um", knurrte er.

„Was?" Ihr Kopf rauschte vor heißer Lust, die durch sie pulsierte.

Er fand ihre Schulter, fuhr an ihrem Arm hinunter und zog an ihrer Hand. Rox ließ sich von ihm in eine sitzende Position hochziehen, und dann umfasste er ihre Hüften, wies sie an, sich umzudrehen.

Jetzt hatte sie ihm den Rücken zugewandt und hielt sich an der Rückenlehne des Stuhls fest, während seine Hände und sein Mund sie im Dunkeln liebkosten.

Seine warmen Lippen fanden ihren unteren Rücken, und die Hitze seines Mundes wanderte an ihrer Wirbelsäule empor. Ihr Haar bewegte sich. Rox umklammerte den Liegestuhl fester. Ihr Haar spannte an ihrer Kopfhaut, und ihr Kopf wurde sanft zur Seite gedreht. Er musste sich ihr Haar um die Hand gewickelt haben und führte sie gerade. Sein Atem wärmte ihren Nacken, und seine Lippen strichen über ihre Haut. Er knabberte sich zu ihrer

Schulter rüber.

Er fummelte an ihrem Slip herum, und sie half ihm dabei, ihn an ihren Beinen runterzuziehen.

Nah an ihrem Ohr fragte Cash: „Gleiche Farbe wie der BH?"

Sie drückte das Schaumpolster, hielt sich fest, damit ihr von der Dunkelheit um sie herum nicht schwindelig wurde, als sie ihre Füße aus dem Seidenslip mit cremefarbener Spitze hob. „Ja."

Er lachte leise, ein tiefes Rumoren in seiner Kehle. Eine Hand hatte er immer noch in ihrem Haar vergraben, seine andere Hand packte ihren Hintern, knetete ihr üppiges Fleisch, während er ihren Nacken küsste. Ihr Körper erhitzte sich überall dort, wo er sie berührte: seine Hand auf ihrem Hintern, sein Mund an ihrem Nacken, und ihre Schulter, wo seine Faust in ihrem Haar ruhte.

Die Nacht war so dunkel, dass es Rox so vorkam, als würde sie im Weltall schweben.

Seine Hand verließ kurz ihren Hintern, und etwas Hartes und Langes glitt zwischen ihre Oberschenkel, rieb ihre nackte Haut. Gänsehaut wanderte an ihrem Rücken hoch, als er zurückglitt und sein Glied ihre Klitoris streifte.

Sie atmete tief ein und schaffte es zu sagen: „Warte, ich nehme nicht die Pille."

„Ich habe ein Kondom übergezogen", wisperte er.

„Was? Hast du überall im Haus welche gebunkert? Selbst auf der Veranda?"

„Ich hatte drei in meiner Hosentasche. Die ganze Nacht lang musste ich mich davon abhalten, an deine Tür zu klopfen."

Er schob sich wieder durch ihre Falten, während er ihre Hüften festhielt, und stöhnte.

Jedes Reiben ließ ihren Körper erschauern, und sie biss sich auf die Unterlippe. „Cash …“

„Sag das nochmal.“

„Cash, *oh*.“ Die Schauer wurden heftiger, und ein langes, geschmeidiges Gleiten über ihre Klitoris schickte Gänsehaut an ihrer Wirbelsäule hoch.

„Sag, dass du mich willst.“

Sie verzehrte sich nach ihm, war so ausgehungert, als hätte drei lang Jahre ein unerreichbares Festmahl vor ihren Augen gebaumelt. „Ich will dich. Oh, Cash, *bitte*.“

Ein kehliges Lachen verließ seine Lippen, und er erwiderte leise, kaum mehr als ein Wispern: „Enthusiastische Zustimmung, sehr gut.“

„Arroganter Anwalt“, wisperte sie zurück.

„Schuldig im Sinne der Anklage.“

Seine Hand an ihrer Hüfte glitt nach vorne herum, und mit seiner Hand in ihrem Haar drückte er ihren Hals nach vorne. Rox fiel gegen die gepolsterte Rückenlehne des Liegestuhls, und Cash hob ihren Hintern hoch, bevor er in sie eindrang. Seine Finger fanden jetzt, wo er in ihrer Körpermitte vergraben war, leicht ihre Klitoris.

Als er in sie stieß, verstärkten sich die Schauer, durchschüttelten sie, und seine Finger glitten vorne über ihre Klitoris, während sein Glied sie gleichzeitig von innen rieb. Ihr Körper verspannte sich, zog sich zusammen, und sie keuchte schwer, grub ihre Finger in das Polster des Stuhls. „Cash!“

Er ließ ihr Haar los und zog sie zu sich hoch, hielt sie um ihre Taille herum, und sie streckte ihre Hände hinter sich, über ihren Kopf, um sich an seinen Schultern und seinem Hals festzuhalten. Er presste ihren weichen Körper an sein hartes, muskulöses Fleisch, rieb ihren Hintern und ihren Rücken mit den festen Platten seines Waschbrettbrauchs und seiner Brustmuskeln. Er stieß in sie hinein, presste ihre Klitoris und wisperte. „Komm jetzt."

Ihre inneren Wände zogen sich um ihn herum zusammen, bis seine Finger ein letztes Mal auf ihr empfindliches Nervenbündel pressten, was berauschende Wogen entfesselte, die über ihre Wirbelsäule hoch bis in ihren Kopf schossen. Sie schrie auf.

Sein Rhythmus veränderte sich, und er rammte sich in sie hoch, lehnte sich zurück und stöhnte, als er in ihr pulsierte. Seine Hand verkrampfte sich, presste erneut ihre Klitoris, und eine weitere Lustwelle zuckte durch Rox' Körper, schnell und intensiv, und ließ sie die Welt um sich herum vergessen.

Schließlich fand sie sich keuchend und schweißnass mit dem Gesicht auf dem Polster des Liegestuhls wieder. Cash, der ebenfalls schwer atmete, presste sich von hinten gegen sie.

Sie spürte seine Lippen auf ihrem Nacken, und er wisperte: „Du bist so wunderschön, Rox."

Sie hob eine Hand, um sein Gesicht zu berühren, aber er setzte sich auf und zog sich aus ihr heraus, hinterließ eine schmerzhafte Leere. Rox glitt an dem Polster hinunter, aber er war sofort wieder zurück und zog sie in seine Arme. „Komm schon", sagte er. „Lass uns reingehen."

„Sicher, *jetzt* willst du reingehen", grummelte sie und stellte sich auf ihre wackeligen Beine.

Er hob sie hoch und trug sie durch das dunkle Haus in sein Schlafzimmer, während ihr Kopf an seiner Schulter ruhte.

KAPITEL 14

ARTHUR UND MAXENCE

Am nächsten Morgen wachte Rox in Cashs Bett auf, allein, abgesehen von Midnight und Pirate, die zu ihren Füßen schliefen, aufgeweckt von seinem klingelnden Handy. „Cash!"

„Gehst du für mich ran?", rief er vom Badezimmer aus.

„Ich kann doch nicht an dein Handy rangehen." Es klingelte wieder, und auf dem Wecker, der neben dem Handy stand, konnte sie sehen, dass es sieben Uhr war.

Cash steckte den Kopf durch den Türrahmen, ein dunkelblaues Handtuch hing über seinem Kopf und seinem Gesicht, während er sein Haar trockenrubbelte. Er war nackt bis zur Taille, wo er sich ein weiteres Handtuch um die Hüften geschlungen hatte. Als er die Arme bewegte, spannten sich seine Brustmuskeln an, ein köstlicher Anblick.

Zu seinen Füßen spähte Speedbumps haariges Gesicht ebenfalls aus der Tür raus.

„Alle wissen, dass du bei mir wohnst", meinte er. „Geh ran."

Rox hob sein Handy vom Nachttisch hoch und meldete sich mit den Worten: „Bei Cash Amsberg."

Cash lachte und ging wieder ins Badezimmer zurück, während er weiter sein Haar trockenrieb.

„Hier ist das Wachhaus vom Vordertor", sagte eine Frauenstimme am anderen Ende der Leitung. „Bei mir sind zwei Männer, die behaupten, dass sie Ihre Gäste wären: Arthur Finch-Hatten und Maxence Grimaldi. Soll ich sie durchlassen?"

Arthur und Maxence.

„Ja, bitte", antwortete Rox. „Sie werden erwartet."

„Sie können uns anrufen, um Gäste anzumelden, damit wir sie nicht unnötig aufhalten müssen", sagte die Frau.

„Vielen Dank. Das werde ich das nächste Mal tun." Rox legte auf.

„Wer war es?", fragte Cash vom Badezimmer aus. „Hat das Büro wieder gefragt, wann ich zurückkomme?"

„Sei nicht sauer", bat sie ihn.

Cash steckte seinen Kopf aus dem Badezimmer, weißer Rasierschaum bedeckte die untere Hälfte seines Gesichts, bis hoch zu seinen strahlend grünen Augen. Das Handtuch von vorhin hing um seinen Hals, die Enden schwangen nahe seiner seitlichen Bauchmuskeln, deren Unterseiten zu einem V zusammenliefen, das sich unter dem zweiten Handtuch zuspitzte. „Was hast du getan?"

„Deine Freunde, Arthur und Maxence, kommen dich besuchen."

„Oh, Gott. Diese zwei. Wir werden wahrscheinlich in Mexiko landen und uns danach gegen Hepatitis impfen lassen müssen, wenn nicht sogar gegen Tollwut. Ich werde sie anrufen und ihnen sagen, dass ich verhindert bin und wir uns ein andermal treffen können. Wann haben sie vor zu kommen? Nächste Woche?"

„Ich schätze, sie sind in ungefähr zehn Minuten hier", sagte sie.

„Was?!"

Das Läuten der Türklingel hallte durchs Haus.

Sie zuckte zusammen. „Vielleicht auch schon früher."

Seine Augen weiteten sich, und er wischte sich den Rasierschaum mit dem Handtuch ab, das um seinen Hals hing. „Verdammt. Geh dich anziehen. Ich mache die Tür auf."

Rox flitzte in ihr Zimmer, duschte sich so schnell sie konnte, zog etwas an, stolperte dabei über die Katzen und machte sich dann eilig in Richtung Wohnzimmer auf, auch wenn sie insgeheim vermutete, dass es klüger für sie wäre, sich im Gästezimmer zu verstecken.

Im Foyer stand Cash mit zwei Männern. Er hatte sich eine Jeans und ein T-Shirt übergestreift, und auf der linken Seite seiner Wange klebte wieder ein weißer Verband über seinen Bartstoppeln.

Die drei Katzen spähten zusammen mit Rox um die Ecke, bevor sie auf den spanischen Fliesen eine Kehrtwendung machten und zurück ins Gästezimmer flitzten, um sich unter dem Bett zu verstecken.

„Rox", sagte Cash und streckte einen Arm nach ihr aus.

Drei Gestalten standen in dem Sonnenlicht, das

durch die Fenster am Eingang hereinfiel, beinahe nur dunkle Silhouetten, aber selbst aus der Entfernung und während sie von hinten angestrahlt wurden, konnte Rox sehen, dass die anderen beiden Männer so attraktiv und groß wie Cash waren.

„Howdy", begrüßte sie die Gäste und schlenderte lässig zu ihnen rüber, als würde sie jeden Tag Cashs private Freunde treffen.

Die drei zusammen waren umwerfend genug, dass sie aufpassen musste, nicht zu stolpern und mit dem Gesicht voran auf die kalten spanischen Fliesen zu fallen.

Da sie Cash Amsberg jeden Tag sah, hatte sie sich irgendwie an seinen Anblick gewöhnt, und ihre Augen wurden von seinem unglaublich guten Aussehen nicht mehr geblendet.

Aber jetzt, in der Gegenwart der anderen zwei, traf sie erneut die Erkenntnis, wie sexy er war, während er dort in seinem engen, blauen T-Shirt stand, unter dem sich seine breiten Schultern und muskulösen Arme abzeichneten.

Die zwei anderen Männer trugen Anzüge, und ausgehend von ihren dreieckigen Silhouetten vermutete Rox, dass sie darunter ebenso durchtrainiert waren wie Cash.

Es war wie ein Buffet aus heißen Männern, vor dem Rox mit leerem Magen stand.

„Rox, das sind meine alten Freunde", sagte Cash. „Arthur Finch-Hatten und Maxence Grimaldi, alte Schulkumpel."

„Pass auf, was du sagst", meinte einer von ihnen. „Du hast zweimal hintereinander ‚alt' gesagt. Das hört keiner gerne."

„Arthur." Cash deutete zu dem Mann, der

gerade gesprochen hatte. Arthur hatte dunkles Haar, aber seine Augen waren von so einem hellen Blaugrau, dass sie beinahe silbern wirkten.

„Und das ist Maxence", sagte Cash und deute auf den anderen Mann. Maxence war derjenige im Trio, der dem klassischen Schönheitsideal am meisten entsprach. Sein Knochenbau war makellos und markant, und er hatte schwarzes Haar und dunkle Augen. Er trug einen schwarzen Anzug und darunter ein schwarzes Shirt mit offenem Kragen. Er sah dünner aus als die anderen zwei, beinahe hager, mit seinen hervorstehenden Wangenknochen und dem spitzen Kiefer. Trotz seiner gebräunten Haut wirkte er irgendwie blass.

„Gentlemen", fuhr Cash fort. Arthur hob die Augenbrauen. „Darf ich euch vorstellen: Roxanne Neil, meine Freundin."

Seine Freundin? Verdammt, das war schnell gegangen. Rox war sich nicht sicher, was sie davon halten sollte, aber sie würden später über die richtige Bezeichnung für ihre Beziehung diskutieren, wenn die *Schulkumpel* wieder fort waren.

„Freut mich", erwiderte Rox und stellte sich neben Cash. Sie legte sich nicht seinen Arm um die Schulter. Für so etwas war es zu früh, viel zu früh. „Cash und ich arbeiten seit drei Jahren zusammen", erklärte sie ihre Beziehung noch weiter, bevor sie die zwei Männer fragte: „Wie lange habt ihr vor zu bleiben?"

„Nun, das hängst ganz von Casimir hier ab", meinte Arthur. Er legte den Kopf schief, betrachtete den Verband. „Seine Schwester scheint zu glauben, dass er Hausgäste gebrauchen könnte."

„Ana hat euch zwei auf mich angesetzt?", fragte er. „Ich hätte es wissen müssen."

„Seine Schwester mischt sich gerne in sein Leben ein", erklärte Arthur, „und glaubt, dass das nur zu seinem Besten ist. In der Schulzeit hat sie versucht, ihn herumzukommandieren, obwohl sie in Den Haag lebte und wir in der Schweiz waren."

„Ich bin mir sicher, dass ihr allerlei interessante Sachen über Cash wissen müsst", meinte Rox. „Lasst uns in die Küche gehen und bei einer Tasse Kaffee etwas plaudern."

Arthurs Miene hellte sich auf, und er lächelte. „Kaffee klingt klasse. Oder, Maxence?"

Der andere Mann warf Arthur einen scharfen Blick zu, gab dann aber nach. „Ja, danke. Schwarz, bitte."

„Gott bewahre, dass du mal was genießt, Max", scherzte Arthur. „Komm schon, lass uns zunächst einmal Casimirs *Freundin* kennenlernen." Offen heraus musterte er Rox von Kopf bis Fuß. Auf dem Weg zurück nach oben blieb sein Blick etwas länger an ihrem Dekolleté hängen.

„Hey, Arthur", sagte Rox und deutete mit zwei Fingern auf ihr Gesicht. „Meine Augen sind hier oben, Kumpel."

Daraufhin hob er seinen Blick, aber seine silbernen Augen verengten sich, während sein Lächeln verschmitzter wurde.

Cash trat zwischen sie, unterbrach ihren Blickkontakt und sagte leise etwas zu Arthur. Als er wieder wegtrat, schaute Arthur zur Decke hoch, lächelte aber weiterhin.

Maxence starrte sein Handy an, als hätte er nichts mit dieser Auseinandersetzung zu tun.

„Zumindest muss ich mir um dich keine Sorgen mehr machen, oder Maxence?", wandte Cash sich an ihn.

„Sicherlich nicht", erwiderte Maxence und rückte seine Kragen zurecht.

„Wie wäre es mit Kaffee?", erinnerte Rox an ihren Vorschlag von vorhin.

Cash ging in Richtung Küche voran.

Maxence war einen Schritt hinter ihm, hielt seine Hände vor seinem Körper verschränkt, und strahlte perfekte Selbstbeherrschung aus.

Rox war sich nicht sicher, wie sie ganz hinten gelandet war, aber sie hegte den Verdacht, dass ihr Totemtier, ein Hütehund, etwas damit zu tun hatte.

Arthur lief vor ihr und wurde langsamer, schuf etwas Entfernung zu Cash und Maxence.

Als Maxence und Cash durch die Küchentür gegangen waren, drehte Arthur sich um, ergriff Rox' Handgelenk und zerrte sie zwei Schritte zur Seite.

Sie riss ihre Hand los. „*Was zur Hölle?!*"

Er drehte sie an den Schultern um und drängte sie gegen die Wand zurück.

„Was zum Teufel soll das hier …"

„Der Verband auf Casimirs Gesicht", zischte Arthur. Seine Augen, die jetzt, wo sie beide sich praktisch Nase an Nase befanden, himmelblau aussahen, weiteten sich und blickten todernst drein. „Wie sieht es darunter aus? Wie schlimm ist es?"

Oh.

„Ich weiß nicht", stammelte sie. „Er lässt es mich nicht sehen. Seit dem Unfall hat er den Verband draufbehalten. Und er hat immer ein Handtuch über dem Kopf, wenn er aus der Dusche rauskommt. Ich weiß nicht, wie schlimm es ist."

Arthurs Miene verdüsterte sich, und sie hörte, wie er mit den Zähnen knirschte. „Wir müssen herausfinden, wie schlimm es ist und was er vorhat, deswegen zu unternehmen. Hat er in letzter Zeit das Haus verlassen?"

Rox war sich nicht sicher, ob sie Arthur von sich wegstoßen sollte oder nicht. Um sich weiter wispernd zu unterhalten, mussten sie einigermaßen nahe zusammen stehen. „Nur für Arzttermine und seit dem letzten Termin vor ein paar Wochen gar nicht mehr."

„Verdammt. Er neigt dazu, sich so zu verkriechen. Wir müssen ihn hier rausbekommen."

Arthur trat zurück und ließ sie vorbei. Sie gingen gerade wieder auf die Küche zu, als Cash die Tür aufschob und Arthur misstrauisch anfunkelte, bevor er Rox seine Hand hinhielt, um sie ins Zimmer reinzuführen.

Beim Reingehen meinte Arthur zu Cash: „Du brauchst einen neuen Haarschnitt. Ich kenne da jemanden, der Hausbesuche macht. Ich frage ihn mal, ob er heute Nachmittag Zeit hat."

Verflixt. Rox mochte Cashs zotteligen Surfer-Look irgendwie.

KAPITEL 15

SCHEINHEILIGER QUATSCH

An diesem Abend ließen sich die vier französisches Essen von einem kleinen Bistro liefern, anstatt einen ganzen Straßenblock zu eben diesem Restaurant zu fahren. Sie aßen in Cashs formalem Esszimmer anstatt wie sonst im Fernsehzimmer, saßen an einem dunklen Holztisch auf Stühlen, die an mittelalterliche Throne erinnerten.

Cash saß zu ihrer Linken, am Kopfende des Tisches, während Arthur sich rechts von ihr und somit außerhalb von Cashs Reichweite niedergelassen hatte. Maxence saß auf der anderen Seite des Tisches, gegenüber von Rox.

Arthurs Friseur war tatsächlich gekommen, mit einem Werkzeugkasten voller Scheren und Kämme, und hatte Cash in seinem eigenen Badezimmer einen neuen Haarschnitt verpasst. Die Extravaganz dieser reichen Leute verblüffte Rox jedes Mal aufs Neue.

Allerdings sah er jetzt schon wieder mehr aus wie er selbst.

Arthur, Maxence und Cash tauschten Neuigkeiten über gemeinsame Freunde aus.

Rox lächelte, nickte viel und aß ihr Coq au Vin – Hähnchen und Gemüse in einer dicken Soße. Sie hatte nie auch nur von den Leuten gehört, über die die drei Männer sprachen, und sie benutzten sowieso in der Regel nur Vornamen. Cash gab ihr Ein-Satz-Erklärungen zu den alten Schulfreunden, über die sie sprachen – das jüngste Kind einer französischen Bankiersfamilie und gleichzeitig Hobbyskifahrer; ein entfernter Abkömmling der saudischen Königsfamilie mit einem Fetisch für langhaarige Katzen, der gerne selbst sein Flugzeug flog; ein talentierter Computerfan, der sehr erfolgreich in seinem Interessensfeld geworden war, aber seine Beteiligung an seiner eigenen Firma geheim halten musste –, doch Rox würde sich so gut wie nichts von dem ganzen Schnellfeuer-Klatsch merken können.

Vorhin hatte sie noch nach ihren Katzen gesehen. Traumatisiert von den neuen Menschen und den lauten Stimmen im Haus, hatten sich die drei unter ihr Bett verkrochen, dicht aneinander gekuschelt, und sich geweigert, sie auch nur anzusehen. Rox hatte ihre Futternäpfe gefüllt und die Tür wieder hinter sich geschlossen, damit sie etwas schlafen konnten.

Arthur deutete über den Tisch. „Aber Maxence hier wird bald aus dem Gröbsten raus sein, nicht wahr?"

Dieser nickte. „Hoffentlich in ein paar Jahren. Sie werden allerdings nicht sofort Kinder bekommen. Pierre hasst es, wenn die Leute reden."

Cash lehnte sich zu Rox rüber. „Maxence' älterer Bruder hat sich vor ein paar Monaten verlobt. Er wird nächsten Frühling heiraten. In letzter Zeit hat es eine Reihe hochkarätiger Verlobungen und Hochzeiten gegeben."

„Gott, ja", sagte Arthur spöttisch, obwohl er dabei grinste. „Es scheint ansteckend zu sein."

„Arthur war auf der Verlobungsparty in Dubai, die ich ein paar Wochen vor dem Autounfall besucht habe, und im März waren wir beide auf einer anderen in Madrid. Maxence war bei beiden Feiern abwesend. Er hat es geschafft, über ein Jahr lang jedem gesellschaftlichen Ereignis zu entfliehen, selbst der Verlobungsparty seines eigenen Bruders in Paris vor ein paar Wochen."

„Du hast die Verlobungsparty deines Bruders versäumt?", fragte Rox Maxence.

Dieser lächelte nicht. Er wirkte nicht wütend, nur ernst. „Ich war in Afrika, habe dort eine Schule gebaut und Brunnen gegraben, für eine Stadt, die beinahe von einem Bürgerkrieg ausgelöscht worden wäre."

„Du lieber Himmel, warum hast du das nicht gleich gesagt?" Rox wandte sich Cash zu. „Du hast es so klingen lassen, als würde er sich vor seinen familiären Pflichten drücken."

„Oh, das hat er", meinte Cash und grinste Maxence an, der sich immer noch zu keinem Lächeln herabließ. Wenn überhaupt, wurde seine überirdische Schönheit nur noch verstärkt, wenn er so ernst war. Es war verstörend.

Cash grinste so stark, dass der Verband auf seiner Wange knitterte. „Maxence hätte dort sein sollen. Alle haben seine Abwesenheit kommentiert.

Allerdings werden Pierre und Flicka nicht mehr dieses Jahr heiraten, frühestens nächsten Juni."

„Wenn sie überhaupt heiraten", meinte Arthur.

„Du glaubst, dass sie es nicht einmal bis zum Altar schaffen werden?", fragte Maxence ihn mit scharfer Stimme

„Nicht wenn Flicka über genug gesunden Menschenverstand verfügt." Arthur schaute zu ihm auf. „Aber so oder so solltest du dich wegen ihr nicht wieder kaputt machen."

Maxence schaute auf seine Hände in seinem Schoß herunter. „Ich will sie nicht unglücklich sehen."

„Flicka hat viele Herzen gebrochen, als sie beschloss, Pierre zu heiraten", erklärte Cash Rox.

Maxence verzog das Gesicht. „Sie hat mir nicht das Herz gebrochen." Er schaute zu Rox. „Wir sind letztes Jahr für eine kurze Zeit miteinander ausgegangen. Es war nie etwas Ernstes. Innerhalb weniger Tage wusste ich, dass sie immer noch meinen älteren Bruder liebt, auch wenn sie das nicht zugeben wollte. Ich wollte nicht Schluss machen, weil ich glaubte, ich könnte sie für mich gewinnen, also habe ich die Sache über ein paar Monate in die Länge gezogen. Es war ein absolutes Klischee." Er schaute Arthur an. „Aber du glaubst nicht, dass sie ihn heiraten wird?"

„Nur wenn er es schafft, sein Ding in der Hose zu lassen."

„Ist das ein Problem bei ihm?", fragte Rox Cash.

Dieser runzelte die Stirn. „Man nennt ihn nicht ohne Grund ‚den Mistkerl', weil er jede Frau, mit der er jemals zusammen war, betrogen hat. Es war seine bevorzugte Masche, um Schluss zu machen …"

Maxence räusperte sich.

„Aber wir nennen ihn nicht so, weil er Maxence' Bruder ist", schloss Cash ab.

„Wenn Piere sie betrügen sollte, würde sie ihn umbringen", meinte Arthur zu Rox. „Und das ist keine Übertreibung. Ihre Familie ist etwas blutdürstig."

Rox nickte. „Im Süden haben wir schwere Strafen für Männer, die untreu werden, normalerweise dieselben Methoden, die man bei Katern benutzt, um sie vom Herumstreunen abzuhalten."

Maxence' Augen weiteten sich und er rückte von ihr weg. „Eine Kugel in den Kopf wäre noch gnädiger als das. Wenn sie ihn allerdings nicht umbringen sollte, würde das ihr Bruder für sie erledigen."

„Ein Mädchen ganz nach meinem Geschmack", sagte Rox.

Cash hob eine Augenbraue.

„Du solltest dich besser vorsehen", meinte Arthur zu ihm.

Cash zuckte mit den Schultern, scheinbar unbesorgt.

„Flickas Bruder Wulf war in der Schule zwei Jahrgänge über uns", fuhr Maxence fort. „Aber wir haben ihn ab und zu gesehen, weil mein Bruder sich in der Grund- und Mittelschule mehrere Jahre lang mit ihm ein Zimmer geteilt hat. Sie sind gleich alt. So haben wir Flicka kennengelernt, auch wenn sie einige Jahre jünger ist als wir. Und natürlich bei den gesellschaftlichen Veranstaltungen. Wir waren alle in denselben Kreisen unterwegs."

„Wulf hat mich gebeten, mir den Ehevertrag anzusehen, wenn sie damit fertig sind. Ich glaube, ich bin der sechste Anwalt, der ihn sich ansehen wird, und ich werde wohl auch nicht der letzte sein. Ich habe gehört, dass sie einige drakonische Klauseln reinschreiben wollen, für den Fall, dass er sie betrügt. Das wird *schmerzhaft* werden."

„Hat er dich offiziell damit beauftragt?", fragte Arthur. „*Bezahlt* er dich dafür?"

„Gott, nein. Wulf rettet mir alle paar Jahre den Hintern, indem er mich per Textnachricht zwei Wochen im Voraus davor warnt, dass der Aktienmarkt einbrechen wird. Ich würde es nicht wagen, von ihm Geld zu verlangen. Er könnte meine Nummer löschen."

„Es überrascht mich, dass Flicka oder Wulf ihn nicht schon längst bei einer Dummheit erwischt haben", sinnierte Arthur. „Wenn man das ganze Geschäftsdebakel bedenkt, das Pierre Wulf aufgehalst hat." Sein Lächeln wurde breiter. „Apropos, wir sind im Südwesten der USA, richtig?"

Maxence stellte geräuschvoll sein Weinglas auf dem Tisch ab. „Das wirst du nicht tun. Versprich mir, dass du das nicht tun wirst."

„Es wäre unhöflich, den ganzen Weg hergekommen zu sein, ohne unseren alten Schulfreund zu besuchen", protestierte Arthur.

Cash rollte mit den Augen. „Und ich schätze, bei der Gelegenheit könntest du auch gleich das Devilhouse besuchen."

„Jetzt, wo du es erwähnst …"

Rox aß ihr Coq au Vin und hielt sich raus aus was immer das hier war.

Maxence schnaubte. „Jetzt zeigt sich dein wahres Motiv, warum du nach Amerika gekommen bist."

Arthur lachte. „Erwischt. Und du kommst mit mir."

„Das werde ich nicht. Wir sind gerade erst angekommen, und ich habe keine Lust, so bald wieder in ein Flugzeug zu steigen."

Arthur neigte den Kopf zu Rox und hielt sich an der Rückenlehne ihres Stuhls fest. Er flüsterte laut genug, um von allen gehört zu werden: „Wieder einmal hat Maxence sein Fleisch gestraft. Er ist *kommerziell* nach New York geflogen. Ich habe ihn dort abgeholt."

Rox runzelte die Stirn, irritiert von seiner herablassenden Art.

Maxence rollte mit den Augen. „Du sagst das, als wäre ich von allen guten Geistern verlassen."

„Zumindest ist er Premium-First-Class geflogen." Der Blick seiner silbrigen Augen fixierte Maxence. „Das bist du doch, oder?"

Maxence funkelte ihn an. „Ja."

„Also hat er die Genusssucht nicht vollständig aufgegeben", meinte Arthur zu Rox. „Er hat die Airline genommen, wo die erste Klasse private Zimmer mit Betten hat, eine Lounge für diejenigen, die es verdient haben, und ein Badezimmer mit einer Dusche."

Rox schaute Cash mit großen Augen an. „Ich dachte, bei internationalen Flügen gibt es in der ersten Klasse nur diese Schlafkabinen."

„Bei bestimmten Airlines kann die erste Klasse ziemlich extravagant sein", erwiderte Cash.

Maxence runzelte bei Cashs Worten die Stirn. „Du weißt nur zu gut, dass auch Sicherheitsfragen dabei eine Rolle spielen."

Cash wandte sich Maxence zu, und eine seiner

Augenbrauen senkte sich, als wäre er besorgt. „Hast du eine der Suiten gebucht?"

„Es war notwendig für die Sicherheit." Er zog die Serviette auf seinem Schoß zurecht.

„Hast du zwei Suiten gebucht, damit die Flugbegleiter sie kombinieren und du in einem Queensize-Bett schlafen konntest?", hakte Cash nach.

„Sicherheitsgründe", murmelte Maxence.

„Streuen sie immer noch Rosenblätter auf die Bettlaken?"

Er zuckte zusammen. „Darum habe ich sie nicht gebeten."

Arthur lachte laut auf. „Wir würden ja nicht in der Holzklasse sitzen wollen und uns Ellenbogen an Ellenbogen mit dem gemeinen Volk aneinanderquetschen."

Maxence' Augenbrauen zogen sich in der Mitte zusammen. „Ich habe in Afrika Brunnen gegraben. Ich habe mit meinen eigenen Händen eine Schule gebaut und Unterricht gegeben, bis wir einen permanenten Lehrer finden konnten. Ich beschwere mich nicht, aber ich habe sechs Monate lang mit einer achtköpfigen Familie in einer Hütte gelebt und wie alle anderen auf einer Grasmatratze auf dem Erdboden geschlafen. Ich habe vierzig Pfund abgenommen, weil es nie genug Essen gab und ich meins an die zwei jüngsten Kinder abgegeben habe, die noch unterernährter waren als der Rest, weil sie Mädchen waren. Ja, ich bin in der ersten Klasse hergeflogen. Und ja, ich werde Kisten mit Vorräten kaufen, die ich vorausschicke, wenn ich nächste Woche zurückfliege."

Arthur lachte. „Maxence hier ist einfach viel zu leicht zu ärgern. Ich sollte aufhören, ihn zu quälen."

Maxence schaute auf seinen Teller runter, auf dem nur noch verschmierte Soßenstreifen übrig waren, und murmelte zu sich selbst: „Ich bin wirklich zu leicht zu ärgern."

„Du solltest den Kerl in Ruhe lassen, der Brunnen gräbt und Schulen für Kinder baut, die einen Bürgerkrieg überlebt haben", meinte Rox zu Arthur.

Arthur lachte wieder. Er stieß sich von der Rückenlehne ihres Stuhls ab und widmete sich wieder seinem Abendessen. „Haben deine Security-männer dir beim Graben der Brunnen geholfen?", fragte er und schob sich eine weitere Gabelladung Hähnchen in den Mund.

Maxence machte eine wegwerfende Handbewegung. „In den Ländern, in die ich für meine Missionarsarbeit reise, lasse ich meine Security in den Hotels der jeweiligen Hauptstädte zurück. Und bald werde ich sie gar nicht mehr mitnehmen."

Cashs Miene wurde ernst. „Das ist keine gute Idee."

„Niemand interessiert sich für mich", meinte Maxence und starrte in sein Weinglas.

„Natürlich interessieren sich Leute für dich", widersprach Cash.

„Das habe ich nicht gemeint. Ich meinte, dass sich niemand die Mühe machen würde, mich umzubringen. Warum hast du keine Security, wenn sie so wichtig ist?"

Cash grinste. „Weil meine Familienprobleme vorbei sind."

Maxence' Augenbrauen hoben sich. „Ich schätze, das kann man so sagen."

Arthur tupfte sich die Lippen mit seiner Serviette

ab und schob dann seinen noch halbvollen Teller etwas von sich weg. „Gott, ich bin pappsatt. Du hast immer noch einen ausgezeichneten Geschmack für gute Restaurants, Casimir. Wo gehen wir morgen hin?"

„Das habe ich noch nicht entschieden", meinte Cash.

Arthur stand auf und tauschte seinen halbvollen Teller mit Maxence' leerem auf der anderen Seite des Tisches aus. „Sei so nett und tu mir einen Gefallen. Meine Großmutter hat immer von den schweren Kriegszeiten erzählt, wenn ich meinen Teller nicht leergegessen habe. Es stört mich immer noch, übriggelassenes Essen zu sehen."

„Das hast du in der Schulzeit auch ständig gemacht", meinte Maxence, ließ sich aber das restliche Hähnchenfleisch, die Kartoffeln und das Gemüse schmecken. „Du hast immer doppelt so viel genommen, wie du essen konntest, sodass andere hinter dir aufräumen mussten."

„Ich war schon mein ganzes Leben lang verschwenderisch", stimmte Arthur zu, verfolgte jedoch mit scharfem Blick, wie Maxence hungrig das Essen in sich reinschaufelte. Rox schaute wieder zu ihm zurück, aber Arthur fragte nur: „Hast du vor, die Hochzeit deines Bruders ebenso zu versäumen wie seine Verlobungsfeier?"

Maxence hob eine Augenbraue. „Ich bin mir sicher, dass sich niemand großartig an meiner Abwesenheit gestört hat. Sobald Pierre und Flicka in ein paar Jahren Kinder haben, werde ich ganz in den Hintergrund rücken, was eine Erleichterung wäre."

„Dann kannst du golfen, so viel du willst, nicht

wahr, Max?", fragte Arthur ihn und hob sein Weinglas in seine Richtung.

Maxence wandte sich Rox zu. „Sie ziehen mich nur auf, weil ich vorhabe, die geistlichen Weihen zu empfangen, um Priester zu werden, ein Jesuit, um mein ganzes Leben dem Streben nach Frieden und Gerechtigkeit zu widmen."

„Das finde ich wundervoll", sagte Rox.

Arthur und Cash prusteten los, ihr männliches Gelächter hallte von den dunklen Holzbalken und dem Eisenkronleuchter über dem Tisch wider.

„Ich weiß nicht, was daran so lustig sein soll", meinte Maxence.

„Okay", sagte Cash und wandte sich Rox zu. „Du weißt, dass ich im Büro einen gewissen Ruf habe."

Rox rollte mit den Augen. „Oh, ja."

„Hat er das wirklich?", fragte Arthur interessiert und lehnte sich zu ihr. „Verrat es uns, Rox. Was für ein Mann ist aus unserem guten alten Casimir geworden?"

„Er ist ein Herzensbrecher, der mit jeder Frau im Büro und den meisten unserer Klientinnen etwas gehabt hat."

Arthur verdrehte die Augen. „Also bist du wie alle anderen zu einem Casanova mutiert, hm?"

„Gott, das sagt genau der Richtige", gab Cash zurück.

„Ich? Ich bin so rein wie frisch gefallener Schnee in Gstaad." Arthur drehte sich zu Rox um, seine silbernen Augen funkelten. „Aber Maxence' Vergangenheit ist geradezu *flitterhaft*. Das kann ich mit allen möglichen Beispielen in Klatschspalten belegen."

„Es gibt immer noch Klatschspalten?",

fragte Rox.

Arthur schnaubte gespielt beleidigt. „Worüber sollten die Zeitungen sonst schreiben?"

„Politik. Wissenschaft. Sport. Wer seid ihr überhaupt, dass man über euch schreiben sollte? Es tut mir leid, aber ich erkenne keinen von euch. Cash hier ist ein Anwalt für die Unterhaltungsindustrie, und unsere Klienten werden schon mal zum Gesprächsthema, aber nicht wir."

Arthur lehnte sich über den Tisch, um an ihr vorbei zu Cash zu schauen. Mit einem breiten Grinsen im Gesicht fragte er: „*Wirklich?*"

„Ich bin Anwalt", knurrte Cash ihn an. „*Und das ist alles.*"

„Du hast nie die Orte mit den hohen Decken erwähnt?"

„Dazu gab es keinen Grund."

„*Drei Jahre lang?*"

„Keinen Grund", wiederholte Cash sehr deutlich.

Arthur lehnte sich in seinem Stuhl zurück, seine Augen waren amüsiert geweitet, und Rox nahm sich vor, Cash später zu dieser Angelegenheit ins Kreuzverhör zu nehmen.

„Natürlich, du bist nur ein gewöhnlicher Workaholic, so wie der Rest von uns." Arthur schaute zu Rox. „Und mit diesem kleinen Törtchen, das den ganzen Tag in deinem Büro herumtrippelt, wette ich, warst du …"

Cash stand abrupt auf. „*Arthur, pass auf, was du sagst!*"

Maxence hatte seine Augenbrauen hochgezogen, schaute aber weg, in Richtung der Veranda und dem dahinterliegenden, sonnenbeschienenen Ozean.

„Wie dem auch sei", meinte Arthur und streckte seine langen Arme über seinem Kopf aus. „Wo sollen wir heute Abend hingehen? Gibt es in der Nähe einen Nachtclub? Ein Theater? Ein Konzert?"

„Oh, wir leben hier oben ein sehr stilles Leben", meinte Cash. „Ich dachte, wir könnten draußen auf der Veranda in der Grube ein gemütliches Feuer machen und was trinken."

„Unglaublich." Er wandte sich Rox zu. „Ist das dein Verdienst? Ist er bereit, sich niederzulassen und dem tödlichen Ehevirus zum Opfer zu fallen, der überall zu grassieren scheint?"

„Oh, nein", meinte Rox und winkte ab. „Cash und ich arbeiten nur zusammen. Wir sind wirklich nur Freunde."

„Oh, wenn ihr wirklich *nur* Freunde seid, gut. Ich muss da was falsch verstanden haben. Was machen wir dann morgen?"

„Rox und ich arbeiten an ein paar sehr wichtigen Verträgen", meinte Cash. „Es gibt einige Unregel-mäßigkeiten und wir arbeiten uns durch hunderte von …"

„Morgen ist Sonntag", warf Arthur ein, der mit seinem Weinglas gestikulierte und gerade noch verhindern konnte, dass die Flüssigkeit über-schwappte. Das war ein sehr eindrucksvolles Rettungsmanöver, vor allem, wenn man bedachte, dass er eine Flasche fast ganz allein geleert hatte. „Sicherlich arbeitest du nicht am Sonntag. Dazu hättest du etwas zu sagen, oder, Maxence?"

Maxence legte den Kopf schief und hielt inne, während er einen Happen Bratkartoffel auf seiner Gabel aufspießte. „Ich werde eine Kirche finden müssen, um den Gottesdienst zu besuchen. Vielleicht möchtest du mit mir gehen?", fragte er Cash.

„Ich bin Protestant", erinnerte Cash ihn. „Niederländer sind protestantisch."

„Nicht alle, und wir würden niemanden wegschicken", erwiderte Maxence mit sanfter Stimme.

„Oh, was für ein scheinheiliger Quatsch", sagte Arthur. „Gott, Maxence. Wir sind nicht hier, um Casimir so lange zu langweilen, bis er vor uns davonrennt."

„Warum seid ihr dann hier?", fragte Cash ihn.

Arthur fuhr unbeirrt fort: „Sicherlich können wir einen spaßigeren Zeitvertreib finden, als zur Kirche zu gehen." Er richtete seinen silberäugigen Blick auf Rox. „Was tust du normalerweise sonntags?"

„Ich helfe im Tierheim aus", sagte Rox.

Maxence schaute auf und lächelte.

Wow, mit seinen dunklen Augen und den perfekten Wangenknochen war er wirklich *atemberaubend*, wenn er lächelte, auch wenn er etwas zu dünn war.

Ein kleiner, lüsterner Teil ihres Gehirns wandte ein, dass Muskeln durch geringes Körperfett besser zum Ausdruck kamen. Unter seinen schwarzen Klamotten konnte man wahrscheinlich jede Rille der Muskelplatten sehen, die sich über seinen Körper zogen.

Okay, sie schaute ihn nicht weiter an. Er wollte Priester werden, was bedeutete, dass er Frauen und die Ehe aufgab.

Und sie schlief mit Cash. Oder hatte es zumindest einmal getan. Er hatte noch nicht angefangen, sie zu ghosten, auch wenn das unweigerlich noch kommen würde.

Aber *verdammt*. Was für eine Verschwendung.

Sie sagte dem lüsternen Teil ihres Gehirn, dass er die Klappe halten und damit aufhören sollte, den Priester anzugaffen.

Maxence lächelte sie an, seine dunklen Augen strahlten. „Erzähl mir mehr vom Tierheim", bat er.

„Okay", erwiderte Rox blinzelnd und schaute auf ihre Hände runter. „Es ist keine glamouröse Tätigkeit. Ich säubere die Käfige, fülle die Futterspender nach, helfe mit dem Papierkram und der Buchhaltung. Falls ihr mitkommen wollt, wir können immer Hundeausführer und Kätzchensozialisierer gebrauchen."

„Kätzchensozialisierer?", fragte Arthur mit gehobenen Augenbrauen. „Das ist ein Job?"

„Jepp", sagte sie. „Jemand muss mit den Kleinen spielen und sie streicheln, damit sie ihre Angst vor den Menschen ablegen. Das Zeitfenster ist recht kurz. Wenn sie nicht jeden Tag für ein paar Stunden richtig sozialisiert werden, werden sie ihr ganzes Leben lang wild sein. Was sie dann als Haustiere eher ungeeignet macht. Falls das passiert, versuchen wir, sie als Scheunenkatzen zu vermitteln. Das ist der einzige Weg, wie sie ein glückliches Leben führen können."

„Hast du das gehört, Casimir? *Kätzchensozialisierer!* Warum hat mir bisher niemand davon erzählt? All diese Jahre über habe ich Wohltätigkeitsbälle veranstaltet und überteuerte Lose bei Wohltätigkeitsauktionen gekauft, wenn ich auch als *Kätzchensozialisierer* meine unsterbliche Seele hätte retten und meinen Wert als Mensch beweisen können. Komm schon, Caz. Für die Liebe Gottes muss man manchmal große Opfer bringen."

Cash hob eine Augenbraue. „Für dich ist das nur ein Spaß."

„Und dennoch sozialisiere ich Kätzchen! Selbst du, Maxence, musst zugeben, dass das eine ehrenwerte Tätigkeit ist."

„Nun, ja. Nachdem ich eine Kirche für den Gottesdienst gefunden habe …"

„Oh, komm schon. Den kannst du auch mal sein lassen."

„Nein, kann ich nicht." Er wischte die restliche Soße mit dem letzten Stück Hähnchen vom Teller auf und schaute aus den Fenstern, hinter denen der Sonnenuntergang draußen auf dem Wasser schimmerte. „Casimir, wärst du so freundlich, mir ein Zimmer zu leihen?"

„Natürlich. Ich bin gleich wieder zurück, Rox. Falls Arthur irgendetwas versuchen sollte, schrei einfach und ich bring ihn um, sobald ich wieder da bin."

„Für jemanden, der noch nie eine Pistole in der Hand hatte, sprichst du sehr leichtfertig vom Töten", rief sie Cash hinterher, aber er lachte nur, während er mit Maxence fortging, wahrscheinlich zu einem der anderen Gästezimmer, die er ihr bei der Haustour gezeigt hatte.

Sie drehte sich wieder zu Arthur zurück und begann: „Also, wie verdienst du deinen Lebensun…"

Arthur lehnte sich so nah zu ihr, dass sie beinahe Nase an Nase waren, und seine hellen Augen blickten vollkommen ernst in ihre. Mit leiser Stimme sagte er: „Schnell, erzähl mir von dem Unfall. Ana konnte uns nicht viel dazu sagen, nur dass ihm die Milz entfernt wurde und ein paar trockene Fakten über das Auto. Und er ist so ein privater Mensch, dass er von sich aus nicht darüber spricht. Was ist *passiert?"*

Sein plötzlicher Verhaltenswechsel überraschte sie wieder einmal.

„Es war wirklich schlimm", gab sie zu. „Sein Auto hat sich zweimal überschlagen und die Windschutzscheibe ist nach innen hin zerbrochen."

„Es klingt, als hättest du gesehen, wie sich der Unfall abgespielt hat."

Sie nickte. „Ich war direkt hinter ihm. Die Rettungsleute haben einen Metallschneider gebraucht, um ihn aus dem Auto rauszubekommen."

Arthur blinzelte und verzog das Gesicht. „Narben?"

„Die Splitter der Windschutzscheibe sind durch den Airbag gedrungen und haben seine Haut aufgeschlitzt. Er hatte viele kleine Schnittwunden und Schrammen am ganzen Körper. Aber sie verheilen schnell. In einem Monat werden die meisten von ihnen nicht mehr zu sehen sein."

„Es muss blutig gewesen sein."

„Er war wirklich übel zugerichtet. Seine Augen waren beide zugeschwollen, und überall hatte er Blutergüsse. Die Airbags haben ihn heftig getroffen, aber dafür haben sie ihm das Leben gerettet."

Arthur legte seine Handflächen neben dem leeren Teller auf den Tisch. „Er muss nach der Sache private Krankenschwestern engagiert haben, die sich um ihn kümmern."

„Ich bin bei ihm geblieben. Nachdem er aus dem Krankenhaus entlassen wurde, brauchte er jemanden, der aufpasste, dass es ihm gut ging, dass er richtig aß und das alles. Er brauchte keine Krankenschwester."

Arthur nickte. „Also, seine Milz. Hat er davon eine Narbe?"

„An seiner Seite." Rox zeigte auf ihre Rippen. „In der Nähe von einem seiner Tattoos. Du weißt von seinen Tattoos?"

„Ich habe ihm geholfen, sie zu entwerfen."

„Oh. Wow. Sie sind wirklich gut geworden."

„Und wie sieht es unter dem Verband auf seinem Gesicht aus?"

„Das weiß ich leider nicht."

Arthur schaute über ihren Kopf hinweg. „Da kommt er."

Rox starrte Arthur immer noch an.

Dieser lehnte sich wieder zurück und sein Lächeln wurde sinnlich. „Also, wie lange seid ihr zwei schon zusammen? Und wie *glücklich* bist du?"

„Lass das, Severn", sagte Cash, als er ins Zimmer reinkam.

Severn? War sein Name nicht Finch-Irgendwas?

Musste ein Spitzname oder so was sein.

„War ja nur eine Frage", meinte Arthur und zwinkerte Rox zu. „Bei drei Erwachsenen mit natürlichen Bedürfnissen weiß man nie, was passieren könnte. Es ist nicht so, als hätten wir das noch nie probiert. Max natürlich nicht. Als Ästhet hält er sich aus solchen Spielchen raus."

Cash stellte sich hinter Rox' Stuhl und legte seine Hände auf ihre Schultern. „Ich habe gesagt, dass du es lassen sollst."

Arthur rollte mit den Augen und goss sich ein weiteres Glas Wein ein. „Du hast zu lange in Amerika gelebt, Casimir. Du wirst noch Puritaner."

KAPITEL 16
MAXENCE LERNT, KAFFEE ZU MACHEN

Am nächsten Morgen wachte Rox allein in ihrem Bett auf, abgesehen von den drei Katzen, die um sie herum lagen. Die zwei Fremden im Haus hatten die kleinen Bestien traumatisiert. Sie hatten sich den ganzen Abend lang versteckt und sich bei Einbruch der Nacht sofort in ihr Bett geschlichen.

Gestern Abend hatten Rox, Cash und Arthur tatsächlich ein kleines Feuer in der runden Feuerstelle auf der Veranda entzündet, und Maxence hatte sich später zu ihnen gesellt.

Rox hatte mehrere Dinge aufgeschnappt, zu denen sie Cash bei nächster Gelegenheit befragen wollte. Dinge wie „Orte mit hohen Decken" und Anspielungen auf ein Gerichtsverfahren, in das Arthur verwickelt war.

Nach Mitternacht war sie schließlich ins Bett gegangen, aber die drei Männer waren noch auf der Veranda geblieben, um sich weiter zu unterhalten.

Nachdem sie sich frisch gemacht hatte, ging sie

in die Küche, um sich etwas fürs Frühstück zu holen, und fand Maxence vor, der bereits dort war und die Kaffeemaschine inspizierte. Er war wieder von Kopf bis Fuß in Schwarz gekleidet, schwarze Hose und ein schwarzes Hemd. Der Bund der Hose wölbte sich unter dem Gürtel, und alle seine Klamotten sahen eine Nummer zu groß aus, obwohl sie maßgeschneidert zu sein schienen.

Diesmal schaute sie genauer hin, aber sein Hemd hatte einen regulären Kragen, keinen römischen Kragen, wie Priester ihn trugen. Er hatte erwähnt, dass er noch nicht zum Priester geweiht worden war.

Er schaute auf, als sie in die Küche reinkam, Erleichterung schimmerte sichtbar in seinen dunklen Augen. „Oh, dem Himmel sei Dank. Kannst du mir zeigen, wie man dieses Ding benutzt?"

„Okay, sicher. Hast du noch nie Kaffee gekocht?"

Er zuckte mit den Schultern. „Das hat man uns im Le Rosey nie beigebracht, und danach scheine ich es versäumt zu haben, diese Erfahrung nachzuholen."

Sie hob die Kaffeekanne vom Regal runter und zeigte ihm, wie man den Filter einsetzte, wie viel Kaffee und Wasser man reintat und wie man die Maschine anstellte.

„Das war's?", fragte er.

„Ja. Das war's."

Er lachte. „Als ich das letzte Mal zu Hause war, hat mir meine Haushälterin versichert, dass das Kaffeekochen ein komplizierter Vorgang wäre, etwas, das ich unmöglich selbst tun könnte. Sie scheint zu glauben, dass ihr Job *davon* abhängt. Hat Cash keine Hausangestellten?"

„Reinigungsleute kommen ein paarmal die

Woche vorbei, aber davon abgesehen kommt er ganz gut allein klar. Er braucht keine Angestellten."

„Interessant. Er war schon immer ein privater Mensch. Ich schätze, das gehört dann dazu."

Er war kein privater Mensch. Normalerweise war er überaus extrovertiert, jemand, der im Mittelpunkt jedes Gespräches stand.

Wenn sie jetzt so darüber nachdachte, stimmte es allerdings schon, dass Cash nicht viel über sich selber sprach. Er sprach mit anderen Leuten über deren Angelegenheiten.

„War er in eurer Schulzeit auch eher zurückgezogen?", fragte sie Maxence.

Er legte den Kopf schief und sah dem Kaffee einen Moment lang beim Runtertropfen zu. „Davon sollte er dir besser selbst erzählen."

„Ihr bewahrt gegenseitig eure Geheimnisse, hm?"

Er zuckte mit den Schultern. „Arthur hat mir erzählt, was du über Casimirs Unfall gesagt hast."

„Es war wirklich schlimm. Er muss sich immer noch davon erholen."

„Körperlich wirkt er in Ordnung."

„Er lässt es im Fitnessstudio immer noch langsam angehen. Ich glaube, die Einschnittstelle, wo sie seine Milz rausgenommen haben, könnte von innen immer noch etwas wund sein."

„Wir müssen ihn heute aus dem Haus bekommen. Wenn er diese Runde gewinnt, sieht es so aus, als würden wir es ihm durchgehen lassen, dass er ein Einsiedler wird."

Rox nickte. „Er wird nicht rausgehen wollen."

„In ein paar Stunden bin ich wieder vom Gottesdienst zurück. Danach werden wir ihn zu deinem Tierheim bringen, ja?"

„Klingt nach einem Plan."

Der Kaffee hörte auf, in der Kanne zu blubbern, und Maxence goss sich eine Tasse ein – ohne Milch oder Zucker hinzuzugeben. Anscheinend hatte er tatsächlich vor, sein Fleisch zu strafen, selbst mit schwarzem Kaffee. Sie unterhielten sich über Politik und Katzen, während sie ihren Kaffee austranken.

Er schien seinen schwarzen Kaffee jedoch zu genießen, als hätte er seit langem keinen mehr getrunken.

Als sie wieder das Tierheim erwähnte, fragte Maxence, wie lange sie schon dort aushalf, wie viele Tiere es beherbergte, was deren Bedürfnisse wären und wie viel Geld sie jeden Monat ausgab, um es am Laufen zu halten.

Und er lächelte.

Rox bemühte sich wirklich, Maxence nicht anzustarren, wenn er lächelte, aber *verdammt.*

„Ich kaufe jeden Monat für ein paar hundert Dollar Futter", antwortete sie, „und ich weiß, dass Brandy ebenso viel für Futter ausgibt. Außerdem geht sie jeden Tag hin. Der Bezirk stellt während der Geschäftszeiten Leute ab – so wenige wie möglich und für so wenig Geld wie möglich, und die meisten davon sind Teenager, deren Väter im Stadtrat arbeiten –, aber nicht am Wochenende. Brandy hält den Ort am Laufen, sorgt dafür, dass alle regelmäßig kommen, und stellt sicher, dass jeden Tag alle wichtigen Aufgaben erledigt werden. Ich kümmere mich nur um die Bücher und helfe sonntags aus."

„Das ist bewundernswert", meinte Maxence und lächelte wieder, ein langsames Erstrahlen, das tief in seinen Augen anfing und sich über sein ganzes Gesicht zog.

„Ich komme mir dumm vor, weil ich es nicht geschafft habe, Cash früher aus dem Haus zu bekommen", gab Rox zu.

„Nein, nein", sagte Maxence, und Rox hörte in den Worten einen Akzent heraus. Etwas Nicht-Britisches. „Er brauchte jemanden, der ihn ein Weile umsorgt und betüdelt. Ich bezweifle, dass er jemals so etwas hatte. Du hast dich um ihn gekümmert, als er jemanden brauchte, und du hast dich nicht von ihm abgewendet."

Sie runzelte die Stirn. „Natürlich nicht."

„Einige Leute sind sehr oberflächlich. Ich spüre, dass du nicht so bist. Das ist gut für Casimir. Ich glaube, *du* bist gut für Casimir. Wir haben uns alle in jungen Jahren der Genusssucht hingegeben, und Casimir fing später an, also hatte er das Gefühl, zu uns aufholen zu müssen. Er braucht jemanden wie dich, jemanden, der sich um ihn kümmern wird. Im Moment braucht er jedoch jemanden, der ihn mit einem Tritt in die Welt hinausbefördert. Du hast gerade rechtzeitig Verstärkung gerufen."

„Wenn es dir nichts ausmacht, kann ich fragen, woher du kommst?", fragte Rox. „Dein Akzent ist nicht so britisch wie der von Cash."

Maxence lehnte sich näher zu ihr. „Wirklich? Wie klingt mein Akzent?"

„Etwas französisch vielleicht? Etwas italienisch?"

Er zuckte mit den Schultern. „Ich bin Monégasque, komme aus Monaco. Das ist in der Nähe von Italien und Frankreich."

„Hmm. Wie interessant. Und woher kommt Arthur?"

„Findest du, dass er einen Akzent hat?", fragte Maxence und stützte sich auf seinen Ellenbogen ab. Seine Bizepse traten unter seinem Hemd hervor. Die drei Männer würden einen Aufruhr verursachen, wenn sie zusammen die Straße entlangliefen.

„Britisch", erwiderte sie. „Für mich klingt er nur britisch."

Maxence' Lächeln war diesmal amüsierter. „Er ist einer der wenigen Anglophonen unter uns. Er ist englisch, *sehr* englisch, mehr Engländer als jeder der englischen Prinzen. Das kann er dir selbst bestätigen."

Rox lachte. „Das klingt ominös."

„Er provoziert andere Leute, aber manchmal ist er genau das, was wir brauchen." Maxence trank seinen Kaffee aus, schaute auf dem Handy nach der Uhrzeit und hielt ihr dann seine Hand hin. „Es war schön, dich kennenzulernen, Rox. Ich werde so bald wie möglich wieder zurückkommen."

„Soll ich dich irgendwohin mitnehmen?"

„Das ist nicht nötig. Arthur und ich haben uns Mietwagen besorgt, aber danke."

Als er aufstand, um zu gehen, kramte Rox in einem Küchenschrank herum und fand Cashs Vorrat an Proteinriegeln. Sie schnappte sich drei und hielt sie Maxence hin. „Hier. Iss die im Auto."

Er schaute sie an und blinzelte. „Das sollte ich nicht, vor der heiligen Messe."

„Dann nimm sie für die Rückfahrt mit."

Er nahm die Riegel entgegen und bedankte sich.

Dann ging er, und wenig später betraten Cash und Arthur die Küche.

Arthur trug ein silbrig-blaues Hemd, das genau die Farbe seiner Augen hatte. *Das* war sehr wahrscheinlich kein Zufall. Er nickte ihr zu, stolperte aber direkt auf die dampfende Kaffeekanne zu.

Cash setzte sich an den Tisch und legte einen Arm über die Rückenlehne von Rox' Stuhl. Er hatte wieder den weißen Verband auf seiner Wange angebracht, der auf dieser Seite fast alles von seinem eckigen Kiefer bis zu seinen smaragdgrünen Augen bedeckte.

Arthur löffelte Zucker in seinen Kaffee und fügte Milch hinzu, bevor er sich ebenfalls setzte. „Also, wann fahren wir zum Tierheim?"

„Maxence hat gesagt, dass er nach dem Gottesdienst zurückkommt. Dann können wir los", erwiderte Rox.

Arthur rollte mit den Augen und sagte zu Cash: „Ich weiß nicht, warum er diese Scharade durchzieht. Sein Onkel wird ihn nie die Priesterweihe empfangen lassen."

„Warum sollte sein Onkel sich in seine Lebensentscheidungen einmischen?", fragte Rox.

Cash funkelte Arthur an und erwiderte: „Komplizierte Familiendynamiken."

„*Dynastiken* meinst du wohl eher", kommentierte Arthur.

„Nicht", warnte Cash ihn.

„Wie du willst."

Sie würde es schon noch aus Cash rausbekommen, und wenn er nicht damit rausrücken wollte, würde sie sich Arthur vorknöpfen und von ihm eine Erklärung verlangen. Das wurde langsam lächerlich.

Sie tranken Kaffee, aßen und schauten die Nachrichten auf dem Fernseher, der über dem Küchentresen von der Decke hing, bis Maxence über eine Stunde später vom Gottesdienst zurückkehrte. Er kam über die Garage rein und setzte sich zu ihnen an den Tisch.

„Wie war die Kirche?", fragte Arthur mit leichtem Spott in der Stimme.

„So wie man sich eine Kirche vorstellt", erwiderte Maxence und schaute auf sein Handy.

Cash gab keinen Kommentar dazu ab, trank nur den Rest seines Kaffees aus.

Rox wusch gerade die Kaffeekanne in der Spüle aus. Vielleicht sollte sie Maxence auch zeigen, wie man das tat. Beinahe hätte sie ihn zu sich rübergerufen, drehte die Kanne dann aber doch einfach um, um sie auszuschütten, und wandte sich danach den Männern zu.

Arthur stand auf und ging zu ihr rüber, griff um sie herum, um seine Tasse in das Spülbecken zu stellen. „Und jetzt machen wir uns alle auf den Weg zum Tierheim."

„Ich habe noch Arbeit zu erledigen", meinte Cash. „Ihr könnt zu dritt hingehen."

Er schaute in seine leere Kaffeetasse, also sah er nicht den kalkulierenden Ausdruck, der in Arthurs silbrig-blauen Augen aufblitzte.

Arthur legte einen Arm um Rox' Taille und zog sie zu sich.

Sie stolperte, als Arthur seinen Körper an ihren presste. Noch vor einer Woche hätte sie vielleicht nach seinem Hintern gegriffen, aber jetzt hob sie die Hände an seine Brust, um ihn wegzuschieben. „Hey!"

„Exzellent", meinte Arthur zu Cash. „So haben wir Gelegenheit, Roxanne *viel* besser kennenzulernen."

Ja, die heißen Kerle baggerten Rox ständig vollkommen grundlos an.

Sie drückte gegen Arthurs Brust. „Lass mich los."

Maxence versteckte sein Lächeln hinter seinem Handy.

Cash schaute hoch und sah, dass Arthur einen Arm um Rox gelegt hatte und sie mit genervtem Gesichtsausdruck versuchte, ihn von sich wegzuschieben.

Er stand auf. „Nimm deine dreckigen Pfoten von ihr."

Arthur senkte die Hände und lachte leise. Rox rückte ihr T-Shirt zurecht und drehte sich wieder zur Spüle um, um ihre Tasse abzuwaschen. Wenn dieser britische Inselaffe sie noch einmal anfassen sollte, würde er lernen, dass Südstaatenmädchen ihre Tugend verteidigten. Und sie würde wetten, dass ein verweichlichter Europäer wie er ihr Knie nicht kommen sehen würde.

„Komm schon, Casimir", sagte Arthur. „Du willst deine nette Freundin hier nicht mit zwei notorischen Aufreißern allein lassen. Wir würden sie dir ausspannen, noch bevor sie mich mit den Kätzchen schmusen sieht."

„Oh, ja", schloss sich Maxence an. „Zwei notorische Schwerenöter. Das würdest du nicht wagen."

„Ich dachte, du wärst reformiert", sagte Cash zu Maxence.

Er zuckte mit den Schultern, versuchte, sein Lächeln zu verbergen. Seine großen, dunklen Augen weiteten sich. Wow, er sah aus, als würde er Mascara und Eyeliner tragen, aber als Rox ihm gezeigt hatte, wie man die Kaffeemaschine benutzte, hatte sie ihn aus nächster Nähe gesehen und wusste, dass dem nicht so war. „Man kann nie wissen, wann meine

Selbstbeherrschung Risse bekommen könnte", meinte Maxence. „Wie ich höre, schließen die Leute Wetten darauf ab."

„Das stimmt", bestätigte Arthur. „Ich habe zehntausend darauf gesetzt, dass er um Weihnachten rum in Monaco auf eine Sauftour gehen wird. Aber ihn stattdessen vor meinen eigenen Augen schwachwerden zu sehen, würde den Verlust verkraftbarer machen."

„Zehntausend Dollar?", fragte Rox schockiert.

„Euro", erwiderte Arthur.

Du lieber Himmel, das war sogar noch mehr Geld. Sie rollte mit den Augen und widmete sich wieder dem Spülen ihrer Tasse, auch wenn die bereits vollkommen sauber war.

„Und man kann nie wissen, was diese Typen mit unterdrückten Emotionen zum Ausflippen bringen könnte", meinte Arthur. „Roxanne hier könnte sich zu einem höchst ungünstigen Zeitpunkt bücken, während wir im Tierheim sind, und *bam!* Pater Maxence würde über ihren Hintern herfallen wie ein Elefantenbulle in der Paarungszeit."

Rox drehte sich mit den Händen in die Hüften gestemmt zu ihm um. „Könntet ihr zwei auch nur mal *versuchen*, mich wie einen Menschen zu behandeln und nicht wie eine Vagina auf zwei Beinen?"

Cash prustete los, und Arthur hob hilflos die Hände. Er wisperte laut: „Ich versuche nur, mein Argument zu verdeutlichen."

„Komm mit uns zum Tierheim, Cash." Rox lächelte ihn an. „*Bitte.*"

Cash lächelte verlegen und schaute kurz zur Seite, bevor er wieder zu ihr zurücksah. „Oh, na gut."

KAPITEL 17
KÄTZCHENSOZIALISIERER

„Hey, Brandy! Ich bin wieder da!", rief Rox, sobald sie den Eingangsbereich des Tierheims betreten hatte.

Sie und die Männer hatten auf dem Weg hierhin einen Zwischenstopp beim Großmarkt eingelegt, um ein paar Sachen zu kaufen. Arthur und Maxence hatten so getan, als hätten sie so ein Geschäft vorher durchaus schon mal gesehen, da sie viel gereiste Weltbürger waren, die nichts mehr überraschen konnte. Aber sie hatten die riesigen Boxen mit Spülmittel mit etwas zu viel aufrichtigem Schock angestarrt.

Rox hievte eine Fünfzehn-Kilo-Packung Katzenfutter auf den Tresen und rief: „Wir haben Hunde- und Katzenfutter mitgebracht!"

„Wurde auch Zeit, dass du dich blicken lässt. Warum hast du mich nicht zurückgerufen?" Brandy kam um die Ecke geeilt und bremste ruckartig ab, als sie die Männer entdeckte. „Oh, *hallo*."

„Und ich habe auch etwas Frischfleisch mitgebracht", fügte Rox hinzu.

„Das hast du in der Tat." Brandy nahm die fleckige Schürze ab, die sie trug, und Rox bemerkte, dass sie ihren Bauch einzog und ihre kleinen Brüste rausstreckte.

Rox deutete neben sich. „Das ist Cash, der mich und das kunterbunte Trio für eine Weile bei sich aufgenommen hat."

Brandy starrte Cash an, musterte seine strahlend grünen Augen, die muskulöse Brust und seine schmale Taille, und wandte sich dann Rox zu. „Okay, jetzt verstehe ich es."

Sie rollte mit den Augen. „Und diese zwei sind alte Schulfreunde, die gerade zu Besuch sind, Arthur und Maxence."

Arthur zog gespielt verletzt die Augenbrauen zusammen. „Ständig dieses Wort ,alt'."

Brandy klimperte die zwei Männer mit ihren dicken Wimpern an. „Hallo, Jungs. Seid ihr hier, um auszuhelfen?"

„Ja", antwortete Rox für sie. „Ich habe ihnen gesagt, dass sie die Kätzchen sozialisieren könnten."

„Kommen sie nächste Woche wieder?", fragte Brandy lächelnd und saugte an ihrem Finger, während sie Maxence anschaute. Dieser lächelte heiter und schien die offensichtliche Anzüglichkeit der Geste nicht zu bemerken.

„Ich glaube nicht. Bleibt ihr so lange?"

Maxence zuckte mit den Schultern.

„Wahrscheinlich nicht", erwiderte Arthur. „Ich denke, bis dahin werden wir wieder zu Hause sein. Aber das hängt von den Umständen ab."

Brandy hörte auf zu lächeln. „Dann könnt ihr

Jungs die Hundezwinger abspritzen. Das Kätzchen-
sozialisieren ist für Leute, die jede Woche kommen
können."

Nachdem die drei Männer die Hundezwinger
gereinigt und einige Katzenkäfige geschrubbt hatten,
ließ Brandy sich schließlich doch erweichen und
erlaubte ihnen, die Kätzchen zu sozialisieren.

Als Rox kam, um nach ihnen zu sehen, saß
Arthur zuckend und kichernd auf dem Boden,
während zwei kleine Fellknäule mit ihren scharfen
Klauen an seinem Hemd hochkletterten. Als eines
seine Schulter erreichte, nahm er es runter und
setzte es sich auf den Schoß, von wo aus das Tier-
chen die Kletteraktion erneut starten konnte.

Maxence saß mit baumelnden Beinen auf einem
Stahltisch und benutzte einen Finger, um den
winzigen Kopf eines sehr jungen Kätzchens zu streicheln, das anscheinend in seiner anderen Hand in
ein Koma gefallen war. Er hatte seine Anzugjacke
ausgezogen und die Ärmel seines Hemdes hochge-
rollt, sodass seine muskulösen Unterarme zu sehen
waren.

Ein Tattoo mit drei Schilden, die um einen dreieckigen keltischen Knoten angeordnet waren,
prangte wie bei Cash auf seinem rechten Unterarm.
Auf Maxence' Tattoo deutete das rotweiße Diaman-
ten-Schachmuster jedoch zu seinem Handgelenk.

Cash saß auf der anderes Seite des Zimmers und
hatte eine erwachsene graue Katze auf seinem
Schoß.

Wow, wenn Rox gerade ihr Handy parat gehabt
hätte, hätte sie ein Foto schießen können, das auf
den sozialen Medien zweifellos wie eine Bombe
einschlagen würde: drei heiße Kerle mit Kätzchen.

Cash hob einen Finger vor den Mund, lächelte aber, und seine smaragdgrünen Augen strahlten auch fröhlich. Der Verband an seiner Wange kräuselte sich beim Lächeln.

Die Katze drehte den Kopf, um Rox anzusehen, und ging sprungbereit in die Hocke, aber Cash wisperte ihr etwas zu, woraufhin sie sich wieder setzte und sich ihm zuwandte.

Du liebe Güte, die Katze, die auf seinem Schoß saß, war Fairy Dust. Die Katze, die sonst niemanden an sich heranließ, vermeintlich wild war und der ein Leben als Scheunenkatze bevorstand, wenn niemand zu ihr durchdringen konnte. Ihr graues Fell war matt und verklumpt, da sie daran gekaut und es rausgezogen hatte.

Cash hielt Fairy Dust seine Finger hin. Sie schnupperte daran. Die Katze zögerte, beobachtete ihn mit großen Augen und rieb dann ihre Wange an seiner Hand.

Rox schlich sich zu Cash rüber und ließ sich an der Wand neben ihm runtersinken. Er schaute sie nicht an, hielt Fairy Dust weiter seine Hand hin.

Die Katze behielt Rox im Auge, rannte aber nicht davon.

Rox versuchte nicht einmal, ihre Hand auszustrecken. Das war so ein großer Erfolg, dass sie nicht riskieren wollte, diesen Moment zu ruinieren. Allerdings schoss sie heimlich ein Foto davon, wie Fairy Dust mit der Nase an Cashs Fingern rieb. Das wollte sie Brandy nachher zeigen.

Fairy Dust könnte vielleicht doch noch eines Tages ein richtiges Zuhause finden und musste keine Scheunenkatze werden.

„Wie hast du das geschafft?", fragte sie ihn leise wispernd.

„Ich habe einfach nur gewartet", meinte er. Seine Finger fanden ihre auf dem Boden. „Ich bin ein geduldiger Mann."

„Das ist es auch, was dich zu so einem tödlichen Anwalt macht. Du zermürbst den gegnerischen Anwalt, bis er schnurrend auf deinem Schoß sitzt."

Er lächelte, während er Fairy Dust weiter unterm Kinn kraulte. „Ich kann so lange warten, wie nötig."

KAPITEL 18

NEU MEXIKANISCH

Arthur und Maxence überredeten Cash, sie zu seinem mexikanischen Lieblingsrestaurant zu bringen, also fuhr Rox die drei Männer zu dem kleinen Lokal in Los Angeles, dessen Einrichtung in Neonfarben und weihnachtlichen Tönen gehalten war. Man führte die Gruppe zu einer Sitzecke mit rissigem roten Vinyl, die am weitesten vom Eingang entfernt war, der beste Platz im Haus.

Rox schob sich neben Cash auf die Bank, während Maxence und Arthur sich auf die andere Seite setzten und ihr Bestmöglichstes versuchten, sich mit ihren breiten Schultern nicht in die Quere zu kommen. Mexikanische Fliesen bedeckten die Tischplatte. Rox rieb mit ihren Fingern über den sandigen Mörtel und die unebenen Farbtupfer, so wie sie es jedes Mal tat, wenn Cash und sie herkamen.

„Eine Sache, die man nicht lernt, wenn man in Europa lebt, aber im Südwesten von Kalifornien, ist der Unterschied zwischen mexikanischem und neu mexikanischem Essen. Habt ihr zwei schon mal von einer Stadt namens Hatch in New Mexiko gehört, wo sie diese besonderen Chilis anbauen?"

Rox grinste. Oh, ja. Neu mexikanisches Essen, besonders mit Chilis aus Hatch, war köstlich, aber diese europäischen Jungs waren wahrscheinlich keine *Hitze* gewohnt.

„Ich werde uns heimfahren", sagte sie. „Als Südstaatenmädchen bin ich es gewohnt, scharfes Essen mit nichts weiter als süßem Tee zu verspeisen. Aber ihr solltet euch besser Bier oder Margaritas bestellen, um es runterzuspülen, und vielleicht als Nachtisch etwas Eiscreme."

Etwas später stolperten sie lachend aus dem Restaurant raus. Maxence und Arthur wischten sich glucksend den Schweiß aus ihren Gesichtern, während Rox die Autoschlüssel hochwarf und wieder auffing. Das Licht der frühen Abendsonne funkelte auf dem Metall. Cash legte seine Hand auf ihren unteren Rücken, berührte sie.

Sie schaute in seine Augen auf, und er lächelte zu ihr hinunter, Lachfalten erschienen um seine strahlend grünen Augen herum.

Er lehnte sich gegen die Seite des SUVs, und seine Schultern senkten sich.

„Wohin geht es jetzt?", fragte Arthur. „Ins Theater? Zu einem Nachtclub? Oder eine schmutzigere Art von Unterhaltung, die ich vor einer Dame besser nicht erwähnen sollte?"

Rox beobachtete Cash, und sein erschöpfter Blick sagte ihr alles, was sie wissen musste. „Es ist Sonntagabend", erwiderte sie. „Was wird an einem Sonntagabend schon großartig aufhaben?"

„Oh, es gibt immer Unterhaltungsangebote, solange man weiß, wen man fragen muss", meinte Arthur.

Cash schaute zu ihr, mit den Händen in den Hosentaschen, das Ebenbild von unwilliger Erschöpfung. Er sah aus wie damals in Rom, als sie während eines Trips zwei Klienten auf einen Streich abgehakt hatten – zweiundvierzig Stunden am Stück Meetings und gesellschaftliche Veranstaltungen. Nachdem sie um fünf Uhr morgens das Hotelzimmer der einen Gruppe verlassen hatten, dank der Grappa-Shots auf recht wackligen Beinen, hatten sie sich geduscht und das andere Team um sechs Uhr für eine Frühstücksverhandlung getroffen. Auf dem Rückflug waren sie beide in ihren Schlafkabinen in der ersten Klasse zusammengebrochen, die zwei durchgemachten, alkohollastigen Tage hatten ihren Tribut gefordert.

„Leute, ich bin echt fertig", sagte sie. „Cash und ich haben morgen einen großen Tag und ein wichtiges Meeting, auf das wir uns vorbereiten müssen. Ich glaube, wir sollten es für heute gut sein lassen."

Arthur stöhnte, aber er beobachte Cash ebenfalls aus den Augenwinkeln. Die gelben Straßenlichter des Parkplatzes spiegelten sich in seinen Augen wider, ließen sie farblos und seltsam gläsern wirken. „Begleitest du dann Rox zurück zum Haus, damit ihr euch auf das Meeting morgen vorbereiten könnt?"

„Ich glaube, das sollte ich", erwiderte Cash.

Arthur tippte auf sein Handydisplay und hielt sich das Telefon ans Ohr. Während er wartete, meinte er: „Wir finden schon selbst zurück. Wir sehen uns dann morgen früh."

KAPITEL 19

ZURÜCK ZUR HAZIENDA

S obald Rox und Cash sich im SUV angeschnallt hatten, fuhren sie zurück zu Cashs Haus in den Hügeln. Er stellte den Beifahrersitz etwas zurück, ruhte sich aus.

„Das war etwas zu viel für dich, oder?", fragte sie.

„Es geht mir gut", meinte er. „Oder besser gesagt, es wird mir bald wieder gut gehen. Meine Leber muss beim Unfall auch etwas abbekommen haben, wodurch meine Toleranz für Alkohol gesunken ist."

Er hatte jeden Abend mehrere Flaschen Wein geköpft und nie eine stärkere Reaktion gezeigt als gelegentliches Kichern und etwas Müdigkeit. „Nimmst du immer noch die Schmerztabletten?"

„Ich habe während meiner Zeit im Krankenhaus langsam angefangen, sie abzusetzen."

„Bist du nur müde?"

Er nickte. „Aber nicht zu müde, wohlgemerkt."

„Wofür nicht zu müde?"

Ein Lächeln zuckte an seinen Mundwinkeln. „Ich dachte schon, sie würden niemals mein Haus verlassen."

„Sie sind erst gestern Vormittag eingetroffen."

„Dennoch kommt es mir wie eine Ewigkeit vor."

Rox ließ ihn für den Rest der Fahrt schlummern.

Als sie um die Ecke bog, um die Auffahrt zu Cashs Haus hochzufahren, lenkte sie ein Lichtflackern auf einem der Berge ab. Sie schaute zu den sonnendurchfluteten Hügeln hoch, während sie weiter die kurvige Auffahrt entlangfuhr.

Eine Person stand in dem grellen Licht, hatte beide Hände ans Gesicht gehoben.

Erneut flackerte ein silberner Glanz in der Luft auf, eine Lichtreflektion von der Sonne, die auf der anderen Seite des Hauses in Richtung Ozean unterging.

Jemand beobachtete sie durch ein Fernglas, während sie in die Garage rollten.

War es nicht der Job der Security am Eingang, solche Dinge zu verhindern?

Sie sollte Cash danach fragen.

Als sie ganz in der Garage waren und sich die Tür hinter ihnen geschlossen hatte, stupste sie ihn sanft an der Schulter an. „Arbeits-Ehemann, es ist Zeit, aufzuwachen. Wir sind zu Hause."

Er öffnete leise lachend die Augen. „Gut."

„Hey, hattest du jemals Probleme mit …"

Cash griff nach der Hand, mit der sie ihn angestupst hatte, und zog sie über die automatische Gangschaltung in der Mitte zu sich rüber. Als Rox begriff, was hier passierte, stieß sie sich vom Lenkrad weg und kletterte über den Sitz, landete auf seinem Schoß. Sie wirbelte herum, sodass sie rittlings auf ihm saß, und küsste ihn innig, drückte ihn gegen den Sitz zurück.

Er strich mit seinen Lippen über ihre, saugte zärtlich an ihr, während seine Finger zu ihrem Nacken herumglitten. Sein anderer Arm umschlang ihre Taille. Der Verband an seiner Wange fühlte sich rau an ihrer Haut an.

Sie knutschten ein paar Minuten lang im Auto herum, aber dann schob Cash sie schließlich zurück. Seine Lippen waren jetzt pink, und zwar nicht von ihrem Lippenstift. Den hatte sie bereits zusammen mit den Chips und der Salsa abgeknabbert.

Mit tiefer, heiserer Stimme wisperte er: „Nicht hier. Unser erstes Mal war heiß und schmutzig, weil ich dich sofort wollte. Ich konnte meine Hände keinen Moment länger von dir lassen, nicht nach all diesen Jahren, und ich wollte sichergehen, dass du heftig kommst. Diesmal will ich mir Zeit lassen. Ich will, dass du mich fühlst. Lass uns reingehen."

Bei seinen Worten wurde ihr ganz schwindelig.

Ihr erstes Mal war *heiß und schmutzig* gewesen.

Cash hatte sichergehen wollen, dass sie *heftig kam*.

Diesmal wollte er sich *Zeit lassen*.

Fühl mich.

Ihr Atem fühlte sich rau in ihrer Brust an.

Sie küsste ihn wieder, hielt sein Gesicht in ihren Händen, verzehrte sich danach, ihn zu schmecken.

Cash bewegte seine Lippen wieder an ihren, aber dann verlangsamte er den Kuss, brach ihn ab und drängte sie zurück. „Drinnen."

Sie nickte, ihr Haar wirbelte um ihr Gesicht herum, aber ihre Hände bewegten sich nicht von seinen breiten Schultern weg.

„Komm schon." Er öffnete die SUV-Tür neben

ihr, und kühle Luft strömte hinein, strich über ihre Arme. „*Drinnen.*"

Rox schwang ihr Bein zurück, so als würde sie von einem Pferd absteigen, und stolperte von seinem Schoß runter. Draußen fing sie sich an der Seite ihres eigenen Autos ab, das neben seinem in der Garage stand.

Cash stieg aus und schlug die Tür hinter sich zu. Er schaute auf sie runter, wie sie halb auf der Motorhaube ihres Autos hing, und seine Lippen hoben sich zu einem verruchten schiefen Grinsen. „Eines Tages, *lieveke*. Genau so. Aber nicht heute Nacht."

„W-was?" Sie konnte nicht mehr klar denken.

Er trat auf sie zu, wirbelte sie an den Hüften herum, sodass sie das kühle Metall der Motorhaube unter ihrer Wange spürte. Dann griff er nach ihren Handgelenken, zog sie hinter ihren Rücken zurück und presste sich von hinten gegen ihren Hintern.

An ihrem Ohr wisperte er: „Eines Tages werde ich dich so über dein Auto gebeugt nehmen, aber nicht heute Nacht."

Seine Worte waren beinahe unheilvoll, aber nur beinahe. Stattdessen tanzten sie auf seinem Atem verführerisch über ihren Nacken, wie ein Versprechen.

„Ah, *lieveke*." Er strich ihr Haar beiseite und drückte seine Lippen oben auf ihre Wirbelsäule. „Jedes Mal, wenn ich dich anschaue, kann ich nur daran denken, auf wie viele Arten ich dich haben will."

Er trat zurück, und sie stemmte sich wieder hoch. Die Motorhaube ihres Autos war kalt unter ihren Handflächen. „Was bedeutet das?"

„Du weißt nur zu gut, was das bedeutet."

„Nein, das andere Wort. *Lee-veh-kuh.*"

„*Lieveke.* Es bedeutet ‚süße Kleine'. Nur meine Muttersprache kommt mir dafür richtig vor."

Lust vernebelte immer noch ihr Gehirn. *Auf der Motorhaube ihres Autos.* Sie würde ihr Auto nie wieder auf dieselbe Art sehen. „Wofür?"

Cash trat wieder auf sie zu und nahm sie in seine Arme. Er neigte den Kopf zur Seite, bevor er antwortete: „Liebe."

„Aber wir hatten noch nicht einmal ein richtiges Date. Wir haben es nur heiß und schmutzig miteinander getrieben ..." *Heiß und schmutzig.* Ihre Atmung ging immer noch viel zu schnell. Sie schluckte schwer, um zu Ende sprechen zu können. „... dieses eine Mal."

„Aber wir sind seit vielen Jahren Freunde", meinte Cash. „Ich habe immer noch nicht entschieden, ob ich wütend auf dich sein sollte, weil du mir vorgelogen hast, dass du verheiratet wärst. Aber du hast die Ringe gekauft, bevor du mich richtig kanntest."

Er hatte wahrscheinlich schon andere Frauen auf den Motorhauben ihrer Autos gevögelt, wahrscheinlich mehrere, und sie auch *lieveke* genannt. „Dein Ruf eilte dir voraus. Unüberhörbar."

„Ist es so schlimm?"

Sie nickte. „Das hat bei mir einige Komplexe wiederhochkommen lassen."

„Lass uns später darüber reden." Er strich mit einer Hand über ihren Hintern, schob seine Arme unter ihre Knie und hob sie hoch.

„Cash! Das solltest du nicht tun! Deine Nähte und so!"

„Ich bin wieder fit. Ich stemme schon seit über einer Woche mehr Gewichte als du wiegst."

„Woher weißt du, wie viel ich wiege?!" Das klang alarmierter, als sie beabsichtigt hatte, aber *verdammt*.

Er zog sie näher an seine Brust. „Ich habe geschätzt."

„Na dann, okay."

Er trug sie durch die Garage, blieb dann stehen und starrte die verschlossene Tür zum Haus an. „In Filmen funktioniert das so viel besser."

Sie lachte. „Lass mich runter."

Er jagte ihr durchs Esszimmer hinterher, griff spielerisch nach ihr. Sie wich seinen Händen kichernd aus.

„Komm her", sagte er und griff wieder nach ihr. Seine große Hand fasste neben ihr ins Leere.

Sie duckte sich und rannte ein paar Schritte den Korridor hinunter.

Er grinste. „Zumindest läufst du in die richtige Richtung."

So machten sie den ganzen langen Korridor weiter. Seine Handflächen schlugen dort gegen die Wand, wo sie wenige Sekunden vorher noch gewesen war, und sie beide stolperten beinahe über die laut schimpfenden Katzen. Die Stubentiger flitzten im Korridor herum, als wüssten sie irgendwie, dass Arthur und Maxence nicht hier waren.

Kurz vor seinem Zimmer täuschte Cash eine Bewegung an, ging dann aber in die Knie und packte sie mit einem Arm um die Taille, bevor er sie herumwirbelte und mit dem Rücken gegen die Wand drängte. Er schnappte sich ihre Handgelenke und hielt sie über ihrem Kopf gefangen. „Ich hab' dich."

„Ja", erwiderte sie atemlos. „Du hast mich."

Seine strahlend grünen Augen verdunkelten sich, bevor er sich auf sie herabstürzte, um sie zu küssen.

Innerhalb weniger Sekunden stand ihr Körper von seinem wilden Kuss in Flammen, und ihre Arme wurden taub, als er seinen Mund an ihren Lippen öffnete. Sie atmete durch den Mund ein, und seine Zunge rieb über ihre. *Oh Gott*, sie verlor sich in ihm, und er hielt weiterhin ihre regungslosen Arme mit einer Hand fest, während er die andere ausstreckte und die Tür zu seinem Schlafzimmer öffnete.

Als er sie diesmal hochhob, schlang sie ihre Arme um seinen Hals und küsste ihn weiter, während er sie zum Bett trug und auf die Matratze fallen ließ. Sie federte etwas und musste lachen, aber selbst ihr Lachen klang atemlos.

Cash kletterte über sie. Die Wärme seines Körpers drang durch ihre Klamotten hindurch, als er über ihr aufragte und sie zwischen seinen Ellenbogen und Oberschenkeln einfing. Nicht dass es sie störte, von ihm eingefangen zu werden. Das Bett sank unter ihrem gemeinsamen Gewicht ein. Sie umschlang seinen Hals fester, zog ihn nah an sich, während seine Lippen ihre liebkosten. Dann wanderten sie über ihren Kiefer und an ihrem Hals hinab.

Rox trat sich die Schuhe von den Füßen, und sie polterten über die Bettkante zu Boden.

Das Heftpflaster, das den Verband auf seiner Wange fixierte, juckte an ihrem Hals, aber sein heißer Mund leckte und saugte über ihrem rasenden Puls an ihrer Haut.

Er glitt mit einer Hand über ihre Kurven hinunter zu ihrer Taille, und seine Finger schlüpften unter den Saum ihres Oberteils, um sie direkt zu berühren.

Sie schnappte bei dem Gefühl seiner warmen Hand an ihrer Taille nach Luft und wölbte den Rücken, wodurch sich ihre Kehle seinem Mund entgegenschob. Cash öffnete seine Lippen weiter, kratzte leicht mit den Zähnen über ihren Hals.

Rox begann, an ihrer Bluse zu zerren, wollte all ihre Klamotten auf einmal loswerden. Er behielt seine Handfläche auf ihren Rippen und lachte leise, erhob sich aber nicht, damit sie sich ausziehen konnte. Der schwache Duft seines Parfüms und sein natürlicher männlicher Geruch schwebten zu ihr rüber, und Rox vergrub ihr Gesicht in der Kuhle seiner Schulter, presste ihre Lippen an seine Haut.

Er ließ es langsam, so unerträglich langsam angehen, küsste sie und zog dann endlich ihre Bluse über ihren Kopf.

„Ah." Er zerrte mit den Zähnen an ihrem pinken BH-Träger, sein Atem wärmte ihre Schulter. „Wunderschön."

„Danke." Ihre Stimme war so atemlos, dass sie ganz heiser klang. Der BH war natürlich neu.

Er lachte leise, sein Atem streichelte über ihre Haut.

Seine Hände wanderten tiefer, schoben ihre Jeans runter und enthüllten den zum BH passenden Slip, ein rosafarbenes Seidendreieck, das mit Spitze verziert war.

Cash erhob sich auf die Knie, strich mit den Fingern am Rand der Spitze über ihre Haut und atmete schwer durch geteilte, lächelnde Lippen aus. „Sehr hübsch."

Dann zog er ihren Slip an ihren Beinen runter.

„Du bist immer noch angezogen", sagte sie.

Er griff nach seinem Hemd und zog es sich samt Unterhemd über den Kopf, warf beides zu Boden. Der weiße Verband blieb immer noch an seiner Wange. Seine Brust war glatt, haarlos, und ihre Hände hoben sich wie von selbst, um über seine seidige Haut zu fahren. Selbst die Haarspur, die noch vor ein paar Tagen von seinem Bauchnabel zu seinen Boxershorts runtergeführt hatte, war fort.

Auf seiner glatt rasierten Haut stachen seine Tattoos noch mehr hervor. Als sie mit den Fingern eine tätowierte Flamme auf seinen Rippen nachzeichnete, konnte sie die Textur der Tinte unter seiner Haut spüren, und ihr stockte der Atem.

Das dunkle Feuer seiner Tattoos lechzte an seiner Haut, begann in einem Flammenwirbel um seinen Nippel herum und breitete sich dann über seinen Brustmuskeln und seinen stämmigen Oberkörper aus. Die Tinte formte einen Vogelkopf, der beinahe nur eine weitere scharfe Feuerzunge war, aber er hatte oben den kleinen Kamm eines Pfaus, ein geöffnetes Auge und einen aufgerissenen Schnabel. Die schwarzen Flammen, die den Flügel des Phönix bildeten, schossen über Cashs Schulter hoch und schlängelten sich in Form eines Ärmeltattoos an seinem muskulösen Arm hinunter. Die Flammen tauchten an der Seite seines Körpers hinab, liefen an seiner schlanken Taille und der deutlichen V-Form seines Adonis-Gürtels entlang, und verschwanden unter dem Hosenbund seiner Jeans.

Himmel, die *Tattoos*, seine *Haut*, die runden und festen *Muskeln*, die seinen Körper überzogen. Sie könnte ihn *stundenlang* mit ihren Fingerspitzen erkunden.

Als sie zu ihm aufschaute, wusste sie, dass ihre Augen zu groß waren. Und das Grinsen, das an ihren Mundwinkeln zuckte, musste zu schwärmerisch aussehen.

Cash lachte und ließ sich nach vorne fallen, bevor er sich auf den Ellenbogen abfing und sie erneut innig küsste. Seine Zunge schlang sich um ihre und sein Körper spannte sich über ihr an.

Vielleicht war das letzte Mal im Dunkeln nur irgendeine Art Fetisch gewesen. Im Moment wirkte er alles andere als schüchtern. Vielleicht hatte die Dunkelheit zu der Atmosphäre von *heiß und schmutzig* gepasst, und diesmal bekam sie die Gelegenheit, seinen Körper zu erkunden.

Sie hoffte, dass er nicht das Licht ausschalten würde. Rox wollte wirklich gerne sehen, wie sich diese Tattoos unterhalb seiner Hüften fortsetzten. Und die tiefen Rillen zwischen seinen harten Bauchmuskeln sowie die runden Wölbungen seiner Brust und Arme zu betrachten, war einfach nur himmlisch.

Cash erhob sich wieder auf die Knie. Seine Hand schloss sich um ihre Schulter, und er hob sie hoch.

Dann drehte er sie um, sodass die Bettdecke warm unter ihrem Bauch lag, und knabberte an ihrem Nacken. Er stützte sich mit den Händen links und rechts neben ihr ab, während seine nackte Brust an beiden Seiten ihrer Wirbelsäule über ihren Rücken rieb.

Tat er es *nur* von hinten?

Oder nur mit ihr, denn sie war …

Sie weigerte sich, auch nur ein anderes Wort als *kurvig* zu denken.

„Magst du es nur auf diese Art?", fragte sie mit piepsiger Stimme.

„Welche Art?" Er wanderte mit dem Mund über ihren Rücken, zu dem Verschluss ihres BHs, und setzte sich dann auf, um ihn zu öffnen. Das elastische Band an ihren Rippen schnappte auf.

„Von hinten", erwiderte sie.

„Es gefällt mir, dich so zu sehen." Seine Hände streichelten über ihren Körper, an ihren Rippen hinunter zu ihrer Taille und ihren Hüften. Dann umfasste er mit beiden Händen ihren nackten Po. „Und dein Hintern gefällt mir auch sehr."

Rox stützte sich auf den Ellenbogen hoch, um ihren Oberkörper zu drehen und ihn anzusehen.

Ein teuflisches Halblächeln lag auf seinen Lippen, während er ihren Hintern anstarrte. Er schaute unter seinen Wimpern zu ihr hoch, ohne den Kopf zu heben. „Und dann ist da noch die Art, wie du mich über deine Schulter hinweg anschaust, während deine Unterwäsche von deinem Körper fällt. Zum Anbeißen."

Er glitt mit einem Arm unter ihren Bauch und zog sie an seinen Körper hoch, warf ihren BH zur Seite und legte seine Handflächen auf ihre Brüste. Ihre üppige Oberweite quoll selbst aus seinen großen Händen heraus. „Und ich kann das mit dir tun."

Rox konnte nicht anders, als ihm ihren Rücken entgegenzuwölben, ihre Arme über ihren Kopf zu heben und nach ihm auszustrecken.

Cash strich mit dem Daumen in trägen Bewegungen über ihre Nippel, wobei sich ihr ganzer Körper anspannte. Sie schnappte nach Luft und hielt sich mit geschlossenen Augen an seinem Hals fest.

„Und dann ist da noch das hier", wisperte er ihr mit tiefer Stimme ins Ohr. Er stieß sie nach vorn, und sie landete auf ihren Händen und Knien. Er trat vom Bett runter, packte ihre Hüften und zog ihren Hintern zu sich herum.

Rox' Augen flogen auf. Sie schaute zu ihm zurück, wollte etwas sagen, aber da teilte er schon ihre Pobacken und lächelte wieder auf seine teuflische, verruchte Art, wobei der Verband auf seiner Wange knitterte.

Wenn er vorhatte, sich in einem Zug in sie zu rammen, war sie noch nicht bereit dafür. Er war viel größer als all die anderen Kerle, mit denen sie jemals zusammen gewesen war.

Er senkte den Kopf.

Feuchte Wärme presste sich gegen ihre Klitoris, und seine Zunge leckte sie langsam und genüsslich. Rox griff nach der Bettdecke, um sich festzuhalten.

„Oh!" Rox hatte das Gefühl, keine Luft mehr zu bekommen, aber sie konnte auch nicht still sein.

Mit der flachen Seite seiner Zunge zog er langsame, träge Kreise um ihre Klitoris herum, und dann presste er seinen Mund auf ihre Körpermitte, leckte sie tief, von oben bis zu ihrem Zentrum.

Rox' Arme begannen zu zittern. Jedes Reiben und Stoßen seiner Zunge in ihr Inneres, während er sich an ihr labte, hallte in ihrem ganzen Körper nach. Sie schwankte nach vorne, aber er zog sie an den Hüften wieder zu sich zurück und saugte weiter an ihrer Klitoris.

Ihre Arme gaben unter ihr nach, und sie fiel nach vorne, vergrub ihr Gesicht im Bett. Das Bettlaken kühlte ihre Wangen.

Während er sie mit seiner Zunge auf so köstliche

Art und Weise folterte, begann ihr Körper, sich zusammenzuziehen und innerlich zu verkrampfen.

Rox drückte sich mit den Armen etwas hoch und keuchte: „*Cash!*"

Er packte ihre Hüften und wirbelte sie so herum, dass sie federnd mit dem Rücken auf der Matratze landete. Hitze durchflutete sie, sie brannte für ihn. Mit ausgestreckten Armen flehte sie: „*Bitte!*"

Cash fummelte an seinen Jeans rum, schob sie mitsamt seinen Boxershorts an seinen Beinen runter. Der wegfallende Stoff enthüllte mehr schwarze Flammen, die sich an der Seite über seine schlanke Taille hinunterzogen, und sich auf seinem muskulösen Oberschenkel ausfächerten.

Rox hob den Oberkörper, stützte sich auf ihren Ellenbogen ab.

Züngelndes Feuer folgte der Vertiefung seines Hüftknochens und zeigte mit einer nadelförmigen Spitze zu dem dunklen Haar am Ansatz seiner Erektion. Sein pfirsichfarbenes Glied reckte sich empor, deutete zu seinem Bauchnabel und den definierten Muskeln dort hoch. Sie streckte die Hand aus und setzte sich auf, fuhr mit den Fingern an seiner Seite entlang, über seine Haut und die darunterliegende Tinte, während er sich die Hose von den Füßen streifte.

Dann kramte er mit zittrigen Fingern in seiner Hosentasche herum und kramte eine Kondompackung hervor, die er mit den Zähnen aufriss. Er zog es sich rasch über.

Dann packte er die Decken um sie herum und schob sie mitsamt der Decken zur Mitte des Bettes, bevor er zu ihr hochkletterte. Die Matratze gab unter seinem Gewicht nach, und er stürzte sich auf sie, sein Mund lag heiß auf ihrem Hals und sein Körper schwer auf ihr. Seine Erektion stupste gegen ihren Oberschenkel. Sie versuchte, nach unten zu rutschen, damit er in sie eindringen konnte, aber er stemmte seine Hände unter ihre Achseln und hielt sie davon ab.

„Cash", keuchte sie. „Komm schon."

„Noch nicht."

„Ich bin so weit. Bitte. Bitte, *jetzt*."

„Bleib liegen", knurrte er.

Cash stemmte sich auf den Armen hoch und küsste sie, seine Lippen lagen schräg auf ihren. Der Verband an seiner Wange kitzelte sie. Als er sich nach unten bewegte, um den Mund zu öffnen und ihre Brüste mit seiner Zunge zu liebkosen, strich sie sich dort, wo es juckte, übers Gesicht.

Sie bemerkte, wie er aufschaute und sah, dass sie ihre Wange rieb, aber er widmete sich wieder ihren Nippeln, die er leckte, mit der Zunge umkreiste und an denen er saugte, bis das Jucken im Gesicht ganz vergessen war. Rox vergrub ihre Finger in seinem dichten Haar und wölbte sich unter ihm.

Er küsste sie wieder auf den Mund und richtete sich dann etwas auf. „Sieh mich an."

Rox versuchte, ihre Augen zu öffnen, während sie ihm ihr Becken entgegenreckte. „Cash …"

„Sieh mich an."

Ihr Atem flatterte in ihrer Brust, aber sie schaffte es schließlich, die Augen zu öffnen. „*Bitte* …"

„Sieh mich an", sagte er wieder, seine Stimme war rau und tief. „Halt dich an mir fest."

Sie schlang ihre Arme um seinen Hals, spreizte die Finger auf seinem Rücken. Unter ihrer rechten Hand fühlte sie seine samtige, tätowierte Haut.

„Halt dich an mir fest", wiederholte er. Er schwebte über ihr, seine grünen Augen verdunkelten sich vor Lust. „Halt mich fest."

Er bewegte seine Hüften, beugte seinen starken Rücken. Seine Eichel teilte ihre Schamlippen, und er glitt durch sie hindurch, rieb mit seiner Länge über ihre Klitoris.

Die Empfindungen überwältigten sie, ihr Körper wölbte sich, und sie schloss die Augen.

„Sieh mich an", wisperte er und strich mit seinen Lippen über ihre. „Spür mich. *Sieh* mich an."

Sie schlug wieder die Augen auf, bemühte sich, sie offen zu halten. Seine Lippen waren geteilt, und der Blick seiner smaragdgrünen Augen wirkte beinahe gequält.

„Halt dich an mir fest", sagte er.

Rox glitt mit einer ihrer Hände zu seiner Wange, zu der ohne Verband, und drückte ihre Handfläche an seine Haut. Ihre Stimme erstickte in ihrer Kehle, aber sie schaffte es zu wispern: „Das tue ich."

Er blinzelte ein paarmal, wandte aber nicht den Blick von ihr ab. Dann spürte sie, wie er sich in sie hineinschob, unsagbar langsam.

Die Zeit schien stillzustehen, es fühlte sich an, als wäre es ihr erstes Mal zusammen. Ja, das letzte Mal draußen war *heiß und schmutzig* gewesen. Sie waren regelrecht übereinander hergefallen.

Jetzt schmiegte sein Körper sich in ihren, öffnete sie für sich. Druck verdichtete sich in ihrem Inneren, als er sie ausfüllte, in ihr Innerstes vordrang.

Das musste der Grund sein, warum alle so am Boden zerstört waren, nachdem er sie verließ, weil sich das hier nicht nur *heiß und schmutzig* anfühlte. Der intensive Ausdruck in seinen grünen Augen ließ sie erzittern, aber dennoch ließ sie ihn nicht los. Sie hielt ihn weiter fest, umfasste weiterhin seine Wange mit einer Hand und umklammerte seine Schulter mit der anderen.

Er sank weiter in sie hinein, bis sich seine Hüften an ihre pressten. Er war so groß, so hart in ihr, dass ihr Tränen in die Augen stiegen. Tränen der Lust, redete sie sich ein, nicht weil sich das hier bedeutsamer anfühlte als bloßer Sex, bloßes Vergnügen.

Seine weit geöffneten Augen ließen es so wirken, als hätte er ihr seine Seele geöffnet, so wie sie ihm ihren Körper geöffnet hatte.

„Rox", wisperte er und begann, sich in ihr zu bewegen.

Jeder Stoß rieb sie von innen, wie auch ihre Klitoris von außen – ein langes Gleiten zunehmender Ekstase. Er kroch etwas weiter über sie, stützte sich mit den Armen über ihren Schultern ab und spreizte seine und ihre Knie weit, um tiefer in sie einzudringen.

Rox versuchte, ihre Augen offen zu halten, sie versuchte es wirklich. Sie versuchte jeden Moment mit ihm in ihre Netzhaut zu brennen, weil sie nur zu oft gehört hatte, dass es nicht viele Moment wie diesen geben würde, bevor das Ende nahte.

Seine Augen suchten ihren Blick, auch wenn ihre Augen vor Leidenschaft ganz glasig wurden.

Bei jedem seiner langsamen Stöße schloss sie gegen Ende die Augen, ein Augenblick der Blindheit und Dunkelheit, wo es nichts gab außer seinem Körper in ihrem.

Wieder und wieder glitt er in sie rein und raus, rieb all die richtigen Stellen.

Diese glückseligen Augenblicke verlängerten sich,

wurden intensiver, bis der Druck so stark anstieg, dass sie laut stöhnte, aber nichts tun konnte. Sie umklammerte ihn, hielt sich an ihm fest, schwebte so nah über der Kante.

Cash zog sie in seinen Armen enger an sich. Ihre Arme schlangen sich ebenfalls fester um ihn, ihr Körper war ganz steif, während er sich in ihr versenkte. Sein Atem versengte ihre Schulter, und sie inhalierte mit jedem Atemzug seinen männlichen Moschusgeruch.

Ihre Welt wurde weiß, eine Explosion aus purer Lebendigkeit und Freude, und Rox erbebte an ihm, als sie mit heiserer Stimme aufschrie. Er knurrte an ihrem Ohr und stieß ein letztes Mal tief in sie, bevor sein Körper sich über ihr verkrampfte.

Rox hielt ihn mit zitternden Armen und wisperte: „Cash, oh Cash."

Er umarmte sie fester und hielt sie für die längste Zeit, bevor er sich schließlich fortbewegte.

Rox zog die Decke über sich, versteckte sich. Kein Wunder, dass all die anderen Mädchen im Büro unter solchem Herzschmerz litten, nachdem er ihnen die kalte Schulter gezeigt hatte.

Bei dem Gedanken schnürte sich ihre Brust zu.

Sie würde das nicht ertragen.

KAPITEL 20
DIE DUNKELHEIT VOR DER DÄMMERUNG

In Cashs Schlafzimmer schlief Rox die ganze Nacht über nicht viel. Sie wusste nicht, wie viele Nächte sie noch haben würde, in denen Cash mit ihr kuschelte, sie in seinen Armen hielt und manchmal ein schweres Bein über sie legte. Seine Wärme und der schwache Moschusgeruch seines Körpers, der jetzt so erotisch wirkte, umhüllten sie. Sie dämmerte mehrmals weg und wachte wieder auf, genoss diese kostbaren Momente, versuchte, sich alles einzuprägen.

Das hier konnte nicht von Dauer sein.

Er regte sich unruhig im Schlaf und griff nach ihr. Als seine Finger sie fanden, beruhigte er sich und schlief weiter.

Sie döste etwas vor sich hin, war kurz davor einzuschlummern, schaffte es aber nicht ganz. Dann veränderte sich Cashs tiefe, langsame Atmung in der Dunkelheit. Er atmete ein und hielt die Luft an, sein Kopf bewegte sich neben ihrem, und er stützte sich auf den Ellenbogen ab, um über sie hinwegzuschauen, bevor er seinen Atem wieder ausstieß.

Auf dem Radiowecker, der auf dem Nachttisch stand, leuchteten in blauen Linien die Zahlen 6:45. Schwaches Sonnenlicht drang vereinzelt durch die Holzjalousien vor dem Fenster.

Er verlagerte sein Gewicht, hob die Decke an und rutschte von ihr weg.

„Cash?", fragte sie mit schläfriger Stimme.

„Ich bin gleich wieder da. Schlaf weiter."

„Alles okay?", fragte sie.

„Ja. Ich muss nur etwas tun."

„Oh. Pinkeln. Klar."

Hey, sie waren schon seit einigen Jahren miteinander befreundet. Auf einer Geschäftsreise nach Brasilien hatte sie ihm Tabletten gegen Übelkeit und ein Sportgetränk ins Bad seines Hotelzimmers geworfen, als er ihr geschrieben hatte, dass es ihm schlecht ging.

Als er ein paar Minuten später aus dem Badezimmer zurückkam, war die Sonne höher gestiegen und es fiel genug Licht herein, dass Rox ihn etwas besser sehen konnte.

Er hatte sich einen frischen Wangenverband angelegt.

„Ist die Wunde darunter verheilt?", fragte sie. „Weil wenn nicht, muss sich das unbedingt ein Arzt ansehen", murmelte sie.

„Es ist verheilt."

„Alter", sagte sie und stemmte sich auf ihren Ellenbogen hoch, „du hättest keinen Verband anlegen müssen. Das erinnert mich daran, wie ich die ersten Male, als wir zusammen verreist sind, um fünf Uhr morgens aufgestanden bin, um zu duschen, mich vollständig zu schminken und mein Haar zu locken, bevor wir uns um halb sieben im Fitnessstudio vom Hotel getroffen haben."

„Ja, das tust du nicht mehr."

„Oh nein."

„Das Heftpflaster hatte sich gelöst", meinte er. „Es hat gejuckt."

„Ich bin es nur", sagte sie und ließ sich aufs Kissen zurückfallen. „Es wäre mir sogar egal, wenn du ein Loch in der Wange hättest, durch das ich deine Backenzähne sehen könnte."

Er lachte leise. „So schlimm ist es nicht. Wir können noch gut eine Stunde schlafen, bevor wir aufstehen müssen."

Rox lächelte und kuschelte sich näher an ihn.

Die Morgendämmerung warf rötliche Streifen durch die horizontalen Jalousien. Das Zimmer hellte sich allmählich auf, und Rox schlief ein.

KAPITEL 21

DER GRAF VON ICH-TUE-WAS-ICH-WILL

Nachdem Rox in Cashs Armen aufgewacht war, hatten sie zusammen gefrühstückt. Sie wollte gerade ansprechen, dass sie beide ihre Unterlagen und Laptops holen gehen sollten, um sich für die Fahrt ins Büro fertig zu machen, weil sie um ein Uhr das DiCaprio-Meeting hatten, und *beide* dort sein sollten, als Maxence' tiefe Stimme durchs Haus hallte. „Casimir! Ich brauche hier etwas Hilfe!"

Die Katzen, die sich unter dem Küchentisch geräkelt hatten, flitzten in Rox' Schlafzimmer.

Cash schaute verwundert zu ihr auf, und Rox schob sich vom Tisch weg. Sie rannten beide zur Tür, die zur Garage führte.

Maxence hatte die Tür halb aufgeschoben und rang mit Arthur, der sich scheinbar kaum noch auf den Beinen halten konnte und die von der Garage hochführenden Stufen raufstolperte. Seine Augen waren geschlossen, und er hielt sich stützend an dem niedrigen Geländer fest.

Cash schlüpfte durch die Tür, duckte sich unter Arthurs Arm und legte ihn sich über die Schultern. Er hielt Arthurs Handgelenk fest, damit dessen Arm nicht runterrutschte, und packte seine Taille.

„Geht es ihm gut?", fragte Rox. „Hattet ihr einen Autounfall oder so was?" Allerdings konnte sie keine äußeren Verletzung an ihm entdecken.

„Er ist nur sturzbetrunken", antwortete Maxence.

„Es ist neun Uhr morgens", sprach sie das Offensichtliche aus.

„Und vor einer Stunde habe ich es endlich geschafft, ihn aus dem Nachtclub raus zu zerren. Selbst mit der Navigations-App auf meinem Handy habe ich mich auf dem Rückweg hierhin zweimal verfahren. Ich bin es nicht mehr gewohnt, in Städten zu fahren."

„Ich hatte angenommen, dass ihr spät zurückgekommen, aber hier wärt", sagte Cash. „Sollen wir ihn direkt ins Bett bringen?"

„Geben wir ihm erst etwas Wasser", meinte Maxence.

„Ja", murmelte Arthur. „Wasser …"

„Du bist zu nett, Maxence", sagte Cash, gab aber nach.

Also ging Rox voran und hielt den Männern die Türen auf, während Arthur zwischen Maxence und Cash mitstolperte. In der Küche luden sie ihn auf einem Stuhl am Tisch ab. Rox füllte ein Glas mit kaltem Wasser und fand noch einen Strohhalm von einem ihrer vielen Lieferservice-Abendmahle. „Ich glaube, wir haben auch noch irgendwo Sportgetränke."

„Zuerst Wasser. Dann Natrium." Arthur legte

den Kopf auf den Tisch, presste seine Wange an das kühle Holz. „Kann mich bitte jemand umbringen?"

„Er hat bitte gesagt." Maxence ließ sich grinsend neben ihm auf einen Stuhl fallen. „Es wäre unhöflich, ihm seine Bitte abzuschlagen."

Rox setzte sich auf die andere Seite neben Arthur und richtete den Strohhalm für ihn aus. „Armes Baby."

Arthur saugte das Wasser durch den Strohhalm, den sie ihm entgegenhielt, und murmelte: „Danke. Willst du mich heiraten?"

Rox kicherte und hielt ihm weiterhin auffordernd den Strohhalm hin, damit er mehr trank.

„Ich habe ein Schloss in England", erzählte er ihr mit lallender Stimme zwischen einigen Schlucken. „Du könntest dort mit mir leben. Du würdest es lieben. Das Schloss hat einen Burggraben. Und Kerker."

Auf der anderen Seite des Tisches beobachtete Cash, wie sie sich um seinen Freund kümmerte. Er runzelte zwar nicht die Stirn, aber sein leerer Gesichtsausdruck erinnerte sie an die Zeit, als ein gegnerischer Anwalt versucht hatte, Cash davon zu überzeugen, für seinen Klienten einen Vertrag zu unterschreiben, ohne ihn vorher durchgelesen zu haben. Cash und sie hatten ihre Unterlagen und USB-Sticks eingesammelt und waren ohne ein weiteres Wort gegangen. Die Ausdruckslosigkeit stand für Wut, die zu hell loderte, um sie laut in Worte zu fassen.

Sie lächelte Cash an, und seine Lippen hoben sich leicht, er wirkte etwas besänftigt.

„Wie viel hast du gestern Nacht getrunken?",

wisperte Cash Arthur zu, als er sich zu ihm runterbeugte.

„Ich weiß nicht", kam die stöhnende Antwort.

„Frag Maxence."

„Eine beeindruckende Menge. Seine Alkoholtoleranz hat sich verbessert", sagte Maxence.

Cash verzog das Gesicht. „Und wie viel hast du *ausgegeben?*"

„Dreißig", murmelte Arthur in den Tisch hinein.

„Maxence, hast du mitgezählt?"

„Mindestens dreißig. Vielleicht fünfunddreißig." In Maxence' Stimme schwang deutlich seine Abneigung für diesen Betrag mit.

„Das ist nicht so schlimm", meinte Rox und schob wieder den Strohhalm zwischen Arthurs Lippen. „Hat der hübsche Junge sich von den Mädchen ein paar Drinks ausgeben lassen?"

„Nein", murmelte Arthur mit dem Strohhalm im Mund.

„Ich fürchte nicht", bestätigte Cash kopfschüttelnd.

„Wie hat er es dann geschafft, nur fünfunddreißig Dollar auszugeben?", fragte Rox.

„*Tausend*", korrigierte Maxence. „Er hat gestern Nacht mindestens dreißig-, vielleicht sogar fünfunddreißig*tausend* ausgegeben."

„Tausend?", wiederholte Rox mit vor Entsetzen schriller Stimme. „Du hast fünfunddreißigtausend Dollar in *einer Nacht* ausgegeben?"

„Euro", murmelte Arthur und spannte die Arme an, um sich vom Tisch hochzustemmen. „Ich denke in Euro."

„Das wären ungefähr vierzigtausend Dollar",

half Maxence aus. „Und wir haben nicht einmal die Stadt verlassen."

„Oh mein Gott, Arthur! Damit hätte das Tierheim ein halbes Jahr lang auskommen können! Was hast du nur getan?"

„Für seine Verhältnisse war das noch harmlos", meinte Maxence. „Ich habe ihm ausreden können, seinen Jet zu starten und damit einen Haufen Frauen für die Nacht nach Las Vegas zu fliegen. Du hättest ihn letztes Jahr in London sehen müssen, wo er Frauen über den ganzen Kontinent geflogen hat."

Arthur knurrte ihn an.

„Du warst auch dabei und hast mitgefeiert?", frage Rox Maxence. „Willst du nicht eines Tages Priester werden?"

„Oh, ich habe nichts Lasterhaftes getan", versicherte Maxence ihr mit unschuldig hochgehaltenen Händen. „Ich habe etwas getrunken, nur genug, um nicht unhöflich zu wirken, und dann habe ich seine Alkoholleiche nach Hause geschleppt, damit er nicht desorientiert in einer fremden Stadt aufwacht. Ich habe mich keineswegs den Ausschweifungen hingegeben, die er finanziert hat."

Cash tätschelte sanft Arthurs Schulter. „Du weißt, dass das deinem Bruder nur mehr Zündstoff gibt?"

„Ich weiß", stöhnte Arthur.

„Gab es Fotos?", fragte Cash.

„Natürlich gab es die", antwortete Maxence und verzog das Gesicht. „Ich habe versucht, ihn in den privaten Räumen zu behalten, aber unser Graf von Ich-tue-was-ich-will hat darauf bestanden, mehrere Runden zu schmeißen und mit dem gemeinen Volk zu trinken, während er mit ein paar jungen Frauen auf der Bar tanzte."

„Aber das gefällt ihnen doch so sehr", murmelte Arthur.

Rox schob wieder den Strohhalm zwischen seine Lippen, und er trank das restliche Wasser aus. Danach stand Rox auf und füllte das leere Glas mit einem grünen Sportgetränk.

„Versprich mir, dass du in Zukunft diskreter sein wirst", bat Cash. „Ich bin nicht einmal derjenige, der dich rechtlich verteidigt, aber dennoch bereitet mir das unglaubliche Magenschmerzen. Du wirst alles verlieren."

Rox setzte sich wieder neben ihren Patienten und animierte ihn, etwas von dem grünen Zeug zu trinken.

„Zum Teufel mit allem", knurrte Arthur. „Ich werde sowieso alles verlieren, also kann ich es genauso gut verprassen, damit Christopher es nicht bekommt." Er nahm den Strohhalm zwischen die Lippen und saugte das Sportgetränk aus dem Glas, das Rox in der Hand hielt. Er schaffte es, die Hälfte zu trinken, bevor er husten musste.

Cash streichelte über Arthurs Haar, als würde er versuchen, eine leidende Katze zu beruhigen. „Lass uns später darüber reden, Arthur. Glaub ja nicht, dass ich es vergesse. Aber bringen wir dich fürs Erste ins Bett. Maxence, kannst du seinen anderen Arm nehmen?"

Sie schleiften Arthur aus der Küche raus, ab und zu schaffte er es, ein paar Schritte mitzustolpern.

Cash schaute über die Schulter zu ihr zurück. „Ich bin gleich wieder da."

Rox räumte kopfschüttelnd die Teller vom Frühstück in die Spülmaschine ein.

Cash kehrte ein paar Minuten später allein zurück. „Maxence legt sich auch für ein paar Stunden hin."

Rox schluckte schwer und sprach das heikle Thema an: „Also, Cash, wir haben um eins das Meeting mit den DiCaprio-Leuten."

„Ja", erwiderte er. „Was das angeht …"

Sie schnitt seine Ausrede ab, bevor er sie aussprechen konnte. „Das wird das erste Mal sein, dass wir zusammen ins Büro gehen, seit … du weißt schon."

Seit sie angefangen hatten, miteinander rumzumachen.

Cash lächelte, und seine grünen Augen begannen etwas zu leuchten. „Wer hätte das gedacht."

„Ja", sagte Rox, biss sich auf die Unterlippe und lächelte gleichzeitig. „Wer hätte das gedacht. Und ich habe für den Anlass etwas Besonderes gekauft."

„Das hast du?" Das Leuchten in seinen Augen verschärfte sich zu einem laserähnlichen Fokus.

„Uh-huh." Rox hielt den Blickkontakt mit ihm aufrecht und lächelte.

„Ich schaue besser, welche gebügelten Anzüge ich habe."

„Wir treffen uns in dreißig Minuten wieder hier, damit wir losfahren können."

Sie sollte in der Zwischenzeit ein gewisses Paket öffnen gehen, das gestern Nachmittag geliefert worden war. Etiketten für den Eilversand klebten auf der Außenseite eines sehr leichten Pappkartons. Er war so leicht, dass es sich anfühlte, als wäre gar nichts drin.

Und gewissermaßen bestanden die Dessous darin auch aus so gut wie nichts.

KAPITEL 22
ERSTER TAG ZURÜCK

Rox wartete in der Garage vor der Motorhaube von Cashs gemietetem SUV.

Das schwarze Kostüm, das sie trug, fühlte sich an ihren Schultern und Oberschenkeln eng an, und der Rock schnürte ihre Taille ein. Sie war das Gefühl gar nicht mehr gewohnt. Während sie sich um Cash gekümmert hatte, hatte sie die meiste Zeit nur Jeans und Khakis getragen.

Zumindest trug sie keine Strumpfhose. Die juckten immer.

Aber ihre Füße waren in High Heels gequetscht.

Sie hielt die Schlüssel vom SUV in der Hand. „Es waren nicht mal sechs Wochen."

Cash zuckte mit den Schultern. „Ich fühle mich gut."

Sie warf ihm die Schlüssel zu, und er fing sie auf. Seine Reflexe schienen normal.

Auf der Fahrt nach Los Angeles herrschte leichter Verkehr, in dem sie zügig vorankamen, und nachdem ein paar Minuten lang nichts Bedenkliches passiert war, lehnte Rox den Kopf gegen die Rückenlehne und entspannte sich.

Cash schaute auf die Straße. Ein weißer Verband verhüllte immer noch seine von ihr abgewandte Gesichtshälfte.

Verdammt, sie hatte gehofft, dass er das Ding abnehmen würde.

Sie holte ihr Handy aus ihrer Aktentasche und tippte mit dem Daumen schnell eine Gruppennachricht an alle im Büro, dass Cash zum ersten Mal nach seinem Unfall zurückkommen würde und dass sie sich normal verhalten sollten. Als Josie einmal nach einer kleineren Schönheitsoperation zurückgekommen war, hatte so eine ausgelassene Stimmung geherrscht wie bei einem Karnevalsumzug. Jemand hatte im Pausenraum Margaritas gemacht. Es sagte viel über das Arbeitsklima aus, dass es im Pausenraum eine voll bestückte Bar gab, einschließlich eines Mixers, um kurzentschlossen Margaritas machen zu können.

Sie musste zugeben, dass die Gruppe, die sie eingerichtet hatte, um nach dem Unfall schnell Informationen an mehrere Kontakte zu verschicken, sich jetzt als praktisch erwies. Vielleicht sollte sie auch Gruppen für die freiwilligen Helfer im Tierheim und ihre Freundinnen, mit denen sie Essen ging, einrichten. Sie drückte auf Senden und zweiundachtzig Leute würden hoffentlich ihre Nachricht sehen. Wenn es einen großen Tumult gab, würde Cash vielleicht nicht wiederkommen, und das wollte sie vermeiden.

Verhaltet euch normal, hatte sie geschrieben. Macht keinen großen Aufstand. Sagt Hallo und lasst ihn weitergehen.

Cash parkte den SUV in der Garage und anschließend betraten sie den Aufzug, der sie zu den Büroräumen hochbringen würde.

Sobald die Tür sich geschlossen hatte, drängte Cash Rox in eine Ecke und stützte sich mit den Händen links und rechts neben ihrem Kopf ab. „Das wird noch interessant."

„Oh?" Rox schaute vielsagend zu der schwarzen Kamera hoch, die an der Decke hing, glitt aber dennoch mit ihren Händen über seine starke Brust zu seinem Hals hoch. „Die Security schaut zu."

„Ich weiß." Er senkte den Kopf und fing ihre Lippen ein, küsste sie innig. Seine Zunge glitt in ihren Mund, und sein harter Körper presste sie in die Ecke der stählernen Kabine.

Der Aufzug bremste ruckelnd ab, und Cash löste sich von ihr, seine smaragdgrünen Augen glühten immer noch leidenschaftlich. „Das könnte sehr interessant werden."

Als der Aufzug schließlich anhielt, standen sie schulterbreit auseinander, hielten ihre Hände vor sich verschränkt und hatten ihre besten professionellen Mienen aufgesetzt, so als würden sie sich gleich gegnerischen Anwälten stellen.

Die Aufzugtür glitt auf.

Chaos.

Alle im Büro drängelten sich vor der Aufzugtür zusammen, applaudierten und jubelten.

Hundert Leute umringten sie beide, zogen sie aus dem Aufzug, zerrten an ihrer Kleidung, während sie wild drauf losredeten, Fragen stellten und plapperten.

Cash lachte laut auf, sein Lachen hallte über die Meute hinweg.

Rox schlug die Hände weg, die sich an ihren Klamotten festklammerten, und stolperte zum Rand des Gedrängels. Wenn man von kleiner Statur war und einem eine drängelnde Menschenmasse auf die Pelle rückte, war es höchste Zeit, sich zu verkrümeln. Sie schaffte es, sich an der Seite herauszukämpfen.

Cash, der im Gegensatz zu ihr über ein Meter neunzig groß war, ragte mit dem Kopf aus der Herde größtenteils mittelgroßer Büroangestellter heraus. Er schaute auf die Leute hinunter und grinste, wodurch der Verband an seiner Wange knitterte. Er sprach mit allen, schüttelte Hände, schlug freundschaftlich auf Männerrücken und umarmte Frauen, die sich an seine Brust warfen.

Er begegnete irgendwann Rox' Blick und lächelte sie an, während er weiter andere Körper drückte und redete.

Er drückte eine Menge Körper.

Eine Menge *weiblicher Körper*.

So ziemlich jede Frau in der Firma wollte eine *Umarmung*, eine lange, frontale *Umarmung*. Sie schlangen sich um ihn wie Kletterpflanzen, die sich an einem großen Baum hochrankten und das Sonnenlicht abfingen. Er schloss seine Arme flüchtig um jede Einzelne, tätschelte ihre Schultern und schickte sie ihrer Wege, aber Rox spürte, wie ihr Kinn bei jeder dieser körperlichen Belästigungen nach vorne ruckte.

Ernsthaft, sie sabberten alle auf seinen dunkelblauen Anzug, den Rox erst vor ein paar Tagen von der Reinigung abgeholt hatte. Auf dem Etikett stand Armani. Die Anzugjacke würde ganz zerknittert sein, wenn sie damit fertig waren, ihn wie ein Rudel läufiger Hündinnen anzuspringen.

Cash begegnete wieder ihrem Blick und schaute sie diesmal länger an.

Dann wandte er sich der Menge zu und hob die Hände in die Luft. „Ich weiß eure Freude zu schätzen, Leute, aber mein Körper tut immer noch etwas weh." Er legte eine Hand auf seine Rippen, wo sich unter seinen Klamotten die pinke Operationsnarbe befand. „Beschränken wir es vorerst aufs Händeschütteln, okay?"

Mel tauchte vor ihm auf und drückte kichernd seine Hand. „Es ist *so* schön, dich wieder bei uns zu haben. Wir haben uns *solche Sorgen* um dich gemacht."

Lixa und Perry beteuerten dasselbe.

Cash lächelte sie an, während er ihnen nacheinander die Hand schüttelte. „Ihr macht es mir wirklich schwer, ein Gentleman zu bleiben. Ich weiß eure Sorge zu schätzen. Es wärmt mir das Herz, oder was auch immer Anwälte anstelle eines Herzens haben."

Rox konnte praktisch hören, wie hundert Höschen gleichzeitig auf den Büroboden fielen.

Sie hielt sich davon ab, die Augen zu verdrehen. Weil sie seit Wochen nicht mehr regelmäßig ins Büro gegangen war, war sie es nicht mehr gewohnt, sich ihre Genervtheit nicht anmerken zu lassen.

Cash begann sich durch die Menge auf sie zuzuschieben, aber Rox ließ ihren Blick weiter durch das Zimmer schweifen.

Auf der anderen Seite des Raums lehnten die zwei Seniorpartner, Josie Silverman und Valerie Arbeitman mit vor der Brust verschränkten Armen an der Wand. Sie lächelten beide, aber ihr Lächeln wirkte erzwungen, vielleicht weil sie mitansehen mussten, wie abrechnungsfähige Arbeitsstunden vertrödelt wurden.

Rox stieß sich vom Schreibtisch hinter sich ab und winkte ihnen zu, weil sie Valerie zum ersten Mal seit ihrer Herzinfarkt-bedingten Arbeitspause sah.

Valerie wandte ihren Kopf Josie zu und murmelte etwas. Josies Grinsen wurde flacher, noch unechter. Als sie bemerkte, dass Rox sie beide beobachtete, hoben sich ihre Lippen zu einem aufrichtigeren Lächeln, und sie winkte zurück.

Bevor Rox rübergehen konnte, um zu sehen, wie es Val ging, hatte Cash sich dort, wo sie stand, aus der Menschenmenge rausgeschoben und drehte ihre Schulter in Richtung seines Büros. „Wir müssen vor dem DiCaprio-Meeting noch etwas Rücksprache halten."

„Natürlich." Sie ging vor ihm zwischen den Arbeitskabinen auf sein Eckbüro zu.

Als sie einen Blick zurückwarf, waren Valerie und Josie fort, und Valeries Bürotür war geschlossen. Die hölzernen Jalousien im Fenster der Tür waren ebenfalls zugeklappt.

KAPITEL 23

SEIN VÖLLIGER ERNST

Sobald Rox und Cash in seinem Büro waren, sagte sie: „Das DiCaprio-Meeting beginnt in zwei Stunden, also sollten wir …"

Cash schlug die Tür zu, schloss sie ab und zog Rox in seine Arme. „Es gibt nur einen Grund, warum ich heute ins Büro gekommen bin."

„Cash! Die anderen sind draußen vor der Tür!"

Er lachte leise, hatte seinen Kopf bereits zu ihrem Hals gesenkt. „Ich weiß."

Sie griff hinter ihn und zog die horizontalen Jalousien vor dem Flurfenster zu. „Ich kann nicht *glauben*, dass du …"

„Ich stelle mir schon seit drei Jahren das hier vor", wisperte Cash nah an Rox' Ohr, und sie erstarrte. Er griff mit einer Hand nach ihren Hintern, während er mit dem anderen Arm weiterhin ihre Taille umschlang. „Jeden Tag, an dem wir vor diesem Tisch gestanden haben, um all die vermaledeiten Verträge durchzusehen und sie zu verfluchen, wollte ich dich über ihn beugen und mich in dir versenken."

Seit drei Jahren? „Cash!"

„Ich wollte sehen, wie sich dein praller Hintern in die Luft reckt." Er hob ihren Rock an und glitt mit einer Hand über ihr Hinterteil. Der neue Slip entblößte den Großteil ihrer Pobacken, und Cash knetete ihr Fleisch. „Oh, *Gott*, Rox", stöhnte er.

Rox schaute zu den großen Fenstern an den zwei Seitenwänden, aber das Glas war an der Außenseite verspiegelt. Niemand sollte in der Lage sein, reinzusehen.

Sollte.

Sie grinste.

Cash wirbelte sie herum, zog sie durch sein Büro. Aber ihre Knie zitterten, als sie versuchte, ihm zu folgen. Einer ihre Schuhabsätze blieb im Teppich hängen, und sie stolperte.

Er war dort, umfing sie mit seinen Armen. Cash hob sie hoch und trug sie zum Schreibtisch. Dort setzte er sie auf der Kante ab, stellte sich zwischen ihre Beine und küsste sie, während er sich links und rechts neben ihr auf dem Tisch abstützte.

Als er sich wieder von ihr löste, um Luft zu holen, wisperte sie: „Das war dein Ernst?"

Er packte wieder ihren Hintern und schaute auf ihren Körper runter. „Mein völliger Ernst."

„Ich meine, jeden Tag? Drei Jahre lang?"

Er lehnte sich kurz zurück, um ihr in die Augen zu sehen. „Mir war in meinem ganzen Leben noch nie etwas so ernst."

Rox blinzelte, hatte Mühe, Luft zu bekommen, und hob ihre Hand, um sein Gesicht an der Seite ohne Verband zu berühren. „Aber du hast nie …"

Anstatt der schmutzigen Lust, die noch vor wenigen Augenblicken in seinen smaragdgrünen Augen gefunkelt hatte, als er ihr gesagt hatte, dass er sie auf seinem Schreibtisch nehmen wollte, strahlte er jetzt eine verzweifelte Sehnsucht aus.

Ihr blieb keine Zeit, noch etwas zu sagen, bevor er nach ihr griff, seine Finger in ihrem Haar vergrub und sie an sich presste, während er sie mit seinem Mund förmlich verschlang. Er zerrte an ihren Klamotten, schob ihren Rock bis zur Taille hoch und fummelte an den Knöpfen ihrer Bluse.

Rox zog ihre Arme hinter sich und wand sich aus ihrer Kostümjacke heraus. Sie glitt über die hintere Kante des Schreibtisches und landete auf dem Boden. Cashs Atem klang rau an ihrem Ohr, als er mit den Zähnen über die Sehnen an ihrem Hals strich und, nachdem er die Bluse zur Seite geschoben hatte, auch über ihre Schulter.

Er schlang einen Arm um ihre Taille und zog sie an sich. Seine andere Hand lag auf ihrer Brust, strich über der Bluse und der dünnen Seide ihres BHs mit dem Daumen über ihren Nippel, während er erneut ihre Lippen mit seinen verschloss. Seine Zunge stieß in ihren Mund, rieb über ihre Zunge, und seine Hand wanderte tiefer. Er packte wieder ihren Hintern, drückte seine harte Erektion gegen ihr Geschlecht. Rox gab einen kehligen Laut von sich, eine Art Stöhnen, als seine Härte sich gegen ihre Klitoris presste.

Cash knurrte.

Rox stieß sich vom Schreibtisch ab und griff nach seinem Gürtel, öffnete ihn und knöpfte seine Anzughose auf.

Er schob ihren Rock noch etwas höher auf ihre

Taille, um ihren Slip runterzuziehen. Er warf einen flüchtigen Blick auf die hellblaue Seide und Spitze. Seine Hand ballte sich über dem Stoff zur Faust, und sie glaubte für einen Moment, dass er das Höschen zerreißen könnte, aber stattdessen zerrte er es über ihren Hintern und an ihren Beinen runter.

Der Reißverschluss an seiner Hose rutschte unter Rox' Fingerspitzen weg, und sie brauchte zwei Versuche, um ihn wieder zu packen zu bekommen. Sie zog ihn auf und zerrte an seiner Unterwäsche. Sein Glied sprang heraus, reckte sich hart seinem flachen, muskulösen Bauch entgegen. Ein Tropfen Feuchtigkeit trat an der Spitze aus. Rox schob Cash mit einer Hand zurück. Er wölbte überrascht den Rücken, und sie beugte sich nach vorn, um den Tropfen abzulecken. Der Hauch von Salz auf ihrer Zunge und der schwache Geruch von erdigem Moschus, der von seinem Körper aufstieg, erfüllten ihre Sinne, und sie griff nach einer seiner Gürtelschlaufen, um ihn näher zu sich zu ziehen.

Cash glitt mit den Fingern in ihr Haar und zog ihren Kopf zurück. Seine grünen Augen verengten sich, und er beobachtete sie, während seine Finger tiefer an ihrem Körper hinunterwanderten.

Rox schloss mit zurückgelegtem Kopf die Augen, jedes Streichen über ihre Falten und ihr Nervenbündel ließ sie erschauern. Seine Finger waren zunächst zärtlich, als er ihr schlüpfriges Zentrum fand und die Feuchtigkeit auf ihrer Haut verrieb. Doch dann wurden seine Berührungen fordernder, und sie biss sich auf die Unterlippe. Ihre Köpermitte begann, sich zusammenzuziehen, und sie wimmerte.

Er presste seine Hand flach auf sie, bedeckte sie,

und massierte ihre Falten von vorne bis ganz nach hinten, überwältigte sie mit den Empfindungen.

„Cash, bitte", keuchte sie. „Oh, *bitte.* "

Seine Finger spreizten sich, und seine Eichel schob sich in sie hinein.

Ihre Finger umklammerten immer noch seine Gürtelschlaufe, und sie zerrte ihn daran zu sich, damit er weiter in sie glitt.

Er schnappte nach Luft und zog sie eng an seinen Körper, wollte tiefer in ihr sein. Rox packte die Kante des Tisches, bewegte sich ein paar Zentimeter näher auf ihn zu und schlang ihre Beine um ihn.

Sein abgehackter Atem strich heiß über ihren Hals, während er sich in ihr versenkte und hart in sie stieß, wobei er jedes Mal über ihre Klitoris rieb. Rox drückte sich von ihm weg, versuchte etwas Abstand zu gewinnen, weil die Empfindungen sie überwältigten, ihr Inneres sich zu schnell und heftig zusammenzog. Sie wand sich, und er presste sie an seine Brust, während er in sie hochrammte und sich knurrend an ihr rieb.

Ein weiterer Stoß, und der Druck in ihr explodierte. Pure Ekstase strömte von ihrer Körpermitte aus, erschütterte sie in Wogen der Lust bis hin zu ihren Fingerspitzen und Zehen, ließ die Welt um sie herum für lange Sekunden verstummen.

Das Erste, was sie hörte, war Cashs schwerer Atem, der warm über ihren Hals strich, als er ihren Namen stöhnte, seine tiefe Stimme war vor Leidenschaft ganz heiser. Sein Glied pulsierte immer noch heiß in ihr.

Sie umklammerte keuchend seinen Hals und

seine Schultern, war zu emotional aufgewühlt, um ihn loszulassen.

Verflixt, Tränen brannten in ihren Augen.

Mit einer Hand streichelte er ihr übers Haar, mit der anderen stützte er sich hinter ihr auf dem Tisch ab, um zu verhindern, dass sie beide nach hinten fielen. *„Lieveke"*, murmelte er wieder und wieder.

Sie lehnte ihre Stirn an seine starke Schulter, der feine Stoff seines Anzugs fühlte sich glatt an ihrem Gesicht an.

Als sie wieder atmen und *denken* konnte, lockerte sie ihren Griff um seinen Hals. Er wich etwas zurück, lehnte dann aber mit weiterhin geschlossenen Augen seine Stirn an ihre. *„Lieveke."*

„Casimir", wisperte sie.

Seine geöffneten Lippen hoben sich zu einem leichten Lächeln. „Ja."

Sie blieben eine weitere Minute lang so, kamen wieder zu Atem, bis Rox schließlich seufzte und leicht gegen seine Schulter stieß, damit er von ihr runterging.

Er trat zurück, griff nach der Taschentuchbox auf seinem Tisch, um sich abzutupfen, bevor er seine Hose wieder zuzog.

Da realisierte Rox das Problem.

Ach du Scheiße. „Hast du ein Kondom benutzt?"

„Oh, Mist." Seine smaragdgrünen Augen weiteten sich. „Das tut mir leid. Das hatte ich nicht vor. Ich habe gleich hier in meinem Schreibtisch welche." Er öffnete eine Schublade. „Ich wollte mir eins nehmen, aber sobald ich dein Höschen runterbekommen hatte, konnte ich nicht mehr klar denken."

Wenn es nach Rox gegangen wäre, hätte sie gar

nichts von dem Kondombunker in seinem Schreibtisch wissen müssen —

Er zog einen langen Streifen aneinanderhän-
gender Plastikverpackungen hervor, mehr als ein
Dutzend.

— und sie hätte auch nicht wissen müssen, wie
viele er dort drinnen hatte. „*Ernsthaft?*"

„Oh, mein Gott", sagte er mit geweiteten Augen
und ehrlich geschockt. „Es tut mir wirklich leid."

„Ist schon in Ordnung", meinte sie. Innerlich
flippte sie zwar aus, aber äußerlich zitterte sie nicht
allzu sehr. „Ich bin mir sicher, dass alles gut ist.
Nichts wird passieren."

Er griff wieder nach ihr, zog sie an seine Brust.
„Ich wurde erst vor kurzem durchgecheckt. Bei
meinen Bluttests gab es keine Probleme. Falls doch
etwas passieren sollte …"

„Nichts wird passieren", sagte sie erneut. „Ich
werde auf dem Heimweg die Pille danach kaufen. Es
ist schon in Ordnung. Wirklich." Trotzdem kuschelte
sie sich näher an ihn. „Ich sollte sowieso anfangen,
die Pille zu nehmen."

Für ein oder zwei Monate die Pille zu nehmen
wirkte lächerlich, eine langfristige Lösung für ein
kurzfristiges Problem, aber sie könnte wahrscheinlich
einfach ihre Frauenärztin anrufen und sofort ein
Rezept bekommen.

„Das ist mein Ernst", meinte Cash. „Falls etwas
passieren sollte …"

„*Nichts wird passieren*", beharrte sie mit so stäh-
lerner Stimme wie sonst die Anwälte im Gerichtssaal
sprachen. „Dafür sorge ich. Ich würde dich niemals
so in die Enge treiben. Oder dir Probleme machen.
Oder was auch immer."

„Glaubst du, dass es das sein würde?", wisperte er an ihrem Ohr. „Ein Problem?"

„Natürlich. Wir hatten nur Spaß miteinander."

Er richtete sich auf und schaute auf sie runter, ein sanftes Lächeln umspielte seine Mundwinkel. Seine Lippen waren immer noch vom Küssen geschwollen. „Für mich ist es nicht nur Spaß, *lieveke*. Ich meine es ernst."

„Oh, Cash. Ich wette, das sagst du zu allen Mädchen."

KAPITEL 24

WILLKOMMEN IN DER
GIRLFRIEND-ZONE

Zehn Minuten später hatte Rox ihre Klamotten zurechtgerückt, ihre Unterwäsche und Kostümjacke wieder angezogen, und konnte als eine professionelle Angestellte durchgehen, die nicht gerade flachgelegt worden war.

Wahrscheinlich.

Cash hatte sich in der Zwischenzeit ebenfalls wieder zurechtgemacht und ging die Notizen für ihr Meeting mit den DiCaprio-Leuten in fünfzehn Minuten durch. Wie immer sah er perfekt aus. Nicht einmal sein Anzug war zerknittert.

Rox kämmte sich mit den Fingern durchs Haar und betrachtete ihr Spiegelbild im Fenster. Männer hatten es so leicht. Aber sie sah so präsentabel aus, wie sie konnte. „Bereit?"

„Absolut. Du hast wie immer gute Arbeit mit den Notizen geleistet." Er deutete zu den Sofas neben der Tür. „Warum ruhst du dich nicht etwas aus, während ich zum Meeting gehe?"

Ihre Kinnlade klappte so weit runter, dass eine Fliege reinfliegen könnte. „Wie bitte?"

Er strich im Vorbeigehen mit einer Hand an ihrem Arm hinunter. „Bleib in meinem Büro. Ruh dich für ein paar Stunden aus. Ich kann das Meeting übernehmen."

„Ich begleite dich *immer* zu den Meetings!"

„Aber du musst erschöpft sein."

„S*o* erschöpft bin ich nicht. Du bist ein guter Liebhaber, Cash, aber ich bin nicht bewusstlos."

„Dann werde ich mich nächstes Mal mehr anstrengen müssen. Aber im Ernst, du musst nicht mitkommen. Bleib hier."

„Bist du high von den Schmerztabletten? Ich werde nicht in deinem Büro herumfaulenzen wie irgendeine dahergelaufene Geliebte von einem Sugar Daddy! Ich bin eine Rechtsassistentin. *Deine* Rechtsassistentin."

„Natürlich bist du das."

„Ich bin die einzige Rechtsassistentin, die noch mit dir *arbeitet!*"

„Nun, du bist die einzige Rechtsassistentin, mit der ich bereit bin zu arbeiten. Die anderen füßeln bei den Meetings unter dem Tisch. Das war unsagbar peinlich."

„Nun, sie haben zu dem Zeitpunkt alle geglaubt, deine *Freundin* zu sein, oder nicht?" Sie schnappte aufgebracht nach Luft. „Das ist es, oder? Du versuchst, mich in eine Art Girlfriend-zone zu schieben."

Eine seiner Augenbrauen senkte sich verwirrt. „Ich bin mir nicht ganz sicher, ob ich diesen Ausdruck kenne."

„Es reicht mir", schimpfte Rox. „Du behandelst

mich wie eine Freundin und nicht wie eine Kollegin. Nun, lass mich dir etwas sagen, Casimir Friso van Amsberg. Ich bin eine *professionelle* Mitarbeiterin dieses Büros. Du wirst mich hier nicht wie deine *Freundin* behandeln. Habe ich mich *klar* ausgedrückt?"

Cash blinzelte, seine vollen Wimpern schlossen sich mehrmals über seinen dunkelgrünen Augen. „Das habe ich getan, hm?"

„Oh ja, Kumpel. Und vergiss nicht: Ich bin *zuallererst* deine Rechtsassistentin. Wenn du mich ghostest, kein Interesse mehr an meinem molligen Hintern hast und beschließt, jemand anderen zu vögeln, werde ich *immer noch* deine Rechtsassistentin sein. Ich werde meinen Job nicht aufgeben, nur weil du deine Hand unbedingt in einen anderen Honigtopf stecken musstest. Hast du mich verstanden?"

„Rox", sagte er mit atemloser Stimme und streckte eine Hand nach ihr aus. „Ich würde nie …"

Sie wich ihm aus. „Das *wirst* du. Das wissen wir *beide*. Und *lüg* mich nicht an, Cash Amsberg. Sonst werde ich dir in den Hintern treten."

„Ich würde nicht im Traum daran denken …"

„*Stopp. Lass* es einfach. Wir wissen beide, wie das hier enden wird. Eines Tages wirst du eine andere Frau finden, die du flachlegen willst, und dann wirst du aufhören, auf meine Anrufe oder Nachrichten zu reagieren und mir nicht mehr in die Augen sehen, wenn ich mit dir rede. Du wirst mich *ghosten*. Du wirst mich stehen lassen, und es wäre so, als wärst du *tot*. Als hättest du dir eine Pistole an den Kopf gehalten und abgedrückt, oder als hättest du dich von deiner Veranda runtergestürzt, ohne auch nur einen Gedanken an mich zu verschwenden und wie es mir damit gehen würde."

Er hielt beide Hände mit den Handflächen nach oben hoch, und seine smaragdgrünen Augen schauten sie flehend an. „*Lieveke*, das würde ich dir niemals antun."

Sie fauchte zwischen zusammengebissenen Zähnen: „Ich wette, das sagst du zu allen Mädchen."

Er zuckte zurück, als hätte sie ihn geschlagen.

„Jetzt nimm deine Notizen und lass uns zum DiCaprio-Meeting gehen."

Mit diesen Worten stolzierte sie aus seinem Büro heraus.

Ganz richtig. Sie *stolzierte* heraus.

KAPITEL 25

AMSBERG GEGEN ARBEITMAN

Draußen vor dem Konferenzzimmer, wo die DiCaprio-Leute warteten, hielt Rox inne, nur für den Fall, dass Cash ein paar aufmunternde Worte brauchte oder das verarbeiten musste, was sie ihm gesagt und verdammt nochmal auch so gemeint hatte. Aber er hielt ihr lächelnd die Tür auf, so wie immer. Sie gingen hinein, hatten ihre professionellen Mienen aufgesetzt.

Drinnen saß bereits die Seniorpartnerin Valerie Arbeitman und hatte auf dem Konferenztisch vor sich ein Tablet und einen Notizblock liegen.

„Was macht ihr zwei hier?", fragte Valerie.

Rox blieb stehen, und Cash versteifte sich neben ihr. „Wir sind für die Vertragsbesprechung gekommen. Was machst du hier?"

„Als du nach deinem Autounfall nicht zurückgekommen bist, habe ich meine Klienten zurückgenommen."

„Dieser Fall ist uns übertragen worden, als du deinen Herzinfarkt hattest."

„Du hast nicht angerufen, um anzukündigen, dass du heute kommen wolltest."

„Rox hat das Büro informiert, und ich habe kein Meeting versäumt."

Rox nickte, bestätigte, dass sie das Büro in der Tat informiert hatte. Sie versäumte es nie, Meetings zu bestätigen. Verpasste Meetings waren schrecklich teuer.

„Ich habe sie in Form von Telefonkonferenzen wahrgenommen oder verschoben, aber ich habe nie jemanden warten lassen. Wir haben uns wochenlang auf dieses Meeting vorbereitet. Wir sind bereit."

„*Ich* bin bereit", sagte Val.

„Bist du das?" Cashs Stimme senkte sich. „Bist du bereit zu erklären, was *all* diese Klauseln bedeuten, selbst Abschnitt zwölf Punkt sechs?"

Rox starrte den Laptop in ihren Armen an. Der Abschnitt handelte von DiCaprios Vergütung. Das Filmstudio hatte ein falsches Wort eingebaut, sodass er einen Prozentsatz des *Netto*gewinns des Films erhalten würde, nachdem sie bereits den *Brutto*gewinn verhandelt hatten. Bei all den Abzügen und Wertminderungen, welche die Studios geltend machen konnten, machten Filme nie einen *Netto*gewinn. Sie versuchten, ihn mit diesem einen Wort um Millionen zu bringen.

„Natürlich", erwiderte Valerie mit geschürzten, magentaroten Lippen.

Cash wandte sich dem juristischen Team zu, das auf der anderen Seite des Tisches saß. „Steht es auf der Agenda?"

Die Anwältin in der Mitte hob ein Blatt Papier hoch. Kein einziges braunes Haar in ihrer schnittigen, kurzen Frisur bewegte sich, als sie sich vorbeugte, um sich das Geschriebene anzusehen. „Nein, tut es nicht."

„Das Studio hat seine Vergütung zum *Netto*gewinn geändert", sagte Cash.

Die anderen Anwältinnen schnappten nach Luft und lehnten sich in ihren Stühlen zurück. Rox musste angesichts ihrer heftigen Reaktion ein Lächeln unterdrücken.

„Wollen Sie immer noch von ihr beraten werden?", fragte Cash sie.

Sie rutschten unruhig auf ihren Plätzen herum. Rox trat zurück und legte eine Hand auf den Türgriff.

„Wir könnten das Meeting mit Ihnen beiden abhalten", sagte die Anwältin in der Mitte.

Valerie stand auf und sammelte ihr Tablet und die Unterlagen auf. „Übernimm du das Meeting", meinte sie zu Cash. „Wir sehen uns später."

Rox öffnete ihr die Tür. Valeries Hände waren voll und sie wollte vermeiden, dass die Seniorpartnerin ganz das Gesicht verlor.

Cash lehnte sich zu Valerie, als sie an ihm vorbeiging. „Wir haben all deine Verträge gelesen. Es gibt viele Klauseln, die dir entgangen sind und die wir besprechen müssen."

Valerie stürmte hinaus, kochte vor stiller Wut.

Cash lächelte die Anwältinnen auf der anderen Seite des Tisches an. „Meine Damen, darf ich vorstellen, meine Assistentin Roxanne Neil. Wir können jetzt mit dem Meeting fortfahren."

Cash zog wie sonst auch einen Stuhl für Rox heraus. Sie setzte sich und verteilte die Agenda.

„*Netto*gewinn?", fragte die führende Anwältin Rox.

„Oh, ja", antwortete Rox. „Und es gibt noch viel mehr zu besprechen."

KAPITEL 26
DREI JAHRE

Nach dem überstandenen DiCaprio-Meeting war Rox wieder in ihrem Büro und atmete tief durch, während sie gegen ihren Schreibtisch lehnte.

Die drei bleichgesichtigen Anwältinnen hatten das Konferenzzimmer nach der Besprechung zügig verlassen und keinen einzigen Blick auf Valeries geschlossener Bürotür geworfen, als sie nach draußen eilten.

Rox war ebenfalls geflohen. Nachdem ihr Cash gegenüber das Temperament durchgegangen war, hatte sie ihm aus dem Weg gehen wollen.

In den drei Jahren, die sie zusammen arbeiteten, hatten sie sich kein einziges Mal gestritten. Sicher, sie schimpften solidarisch über Verträge. Doch das gehörte einfach mit dazu.

Aber ernsthaft miteinander streiten? Das hatten sie nie gemusst. Sie waren nur Kollegen und Freunde gewesen.

Er war vorher nicht in der Lage gewesen, ihr wehzutun.

Rox wünschte, ihre Katzen wären jetzt hier, versteckt unter ihrem Schreibtisch. Sie könnte gerade etwas Flauschiges zum Kuscheln gebrauchen, um ihre Nerven zu beruhigen.

Es klopfte an der Tür. Cash spähte durch das Flurfenster. Sein Kinn war gesenkt und sein Blick ernst.

Rox nickte ihm zu.

Er öffnete die Tür und steckte den Kopf herein. „Können wir reden?"

„Ja. Komm rein."

Er betrat das Büro und zog die Tür hinter sich zu. „Du hattest recht. Du gehörtest in das Meeting."

Sie nickte. „Das ist seltsam. Ich mag es nicht, mit dir zu streiten."

„Ich mag es auch nicht."

„Dann lass uns damit aufhören. Hören wir einfach auf."

Er nickte und ging um ihren Schreibtisch herum. „Mit etwas anderem hattest du auch recht. Du bist zuallererst meine Rechtsassistentin. Ich brauche deine Unterstützung bei der Arbeit. Was immer auch passiert, ich möchte nicht, dass du irgendwann nicht mehr zur Arbeit kommen willst."

„Ich will nicht kündigen. Ich liebe meinen Job. Werden wir nach dieser Sache noch zusammen verreisen können?"

„Wir sind seit drei Jahren miteinander befreundet. Sicherlich können wir eine Lösung finden." Er schaute nach unten, starrte seine Schuhe an. „Ist das hier für dich nur eine einfache Affäre?"

„Das ist es für mich nie. Und jetzt ist es das auch

nicht, besonders nicht, weil *du* es bist. Deshalb habe ich mir diese ganze Grant-Sache überhaupt erst ausgedacht. Ich habe immer gewusst, dass ich diejenige sein würde, der das Herz gebrochen wird."

„Aber was, wenn nicht?", fragte er.

„Sicher. Vielleicht passiert das gar nicht." Ihre ausdruckslose Stimme klang sarkastischer, als sie beabsichtigt hatte. Sie konnte einfach nicht von ihren Händen aufsehen.

Leichte Schritte näherten sich ihr über den Teppichboden. Er stellte sich neben sie, nahm ihre Hand vom Schreibtisch und hielt sie mit seinen warmen, starken Fingern fest. Sie ließ es zu, dass er ihre Hand hielt, aber sie konnte ihn immer noch nicht ansehen. Eine üble Vorahnung hielt sie davon ab, verfinsterte jeden Ausgang, den sie sich vorstellen konnte.

Cash hob ihre Hand. Seine weichen Lippen strichen über ihre Fingerspitzen. „Vielleicht werde ich derjenige mit dem gebrochenen Herzen sein", meinte er.

Ihr glucksendes Lachen klang eher wie ein Schluchzen, und sie bedeckte ihren Mund mit der anderen Hand.

Er schlang seine Arme um sie und presste sie an sich. „Ganz egal, was passiert, wir werden Freunde bleiben. Man kann nicht all die Dinge durchmachen, die wir zusammen durchgestanden haben, und danach nicht mehr befreundet sein. Du hast mir geholfen, der russischen Prostituierten zu entfliehen, die man auf mein Zimmer geschickt hat, und ich habe für dich die aufdringlichen Italiener abgewimmelt. Das werden wir immer haben, und das hatten wir zuerst. Ich stehe dafür für immer in deiner

Schuld, dass du uns aus dieser brenzligen Verkehrssituation in Argentinien rausgeholt hast."

„Ich habe nur meine Bluse etwas aufgeknöpft und mit dem Soldaten geflirtet", wandte sie ein.

„Ohne dich würde ich wahrscheinlich immer noch dort im Gefängnis festsitzen."

„Ja, und ich habe gehört, dass die Gefängnisse dort echt ätzend sind. Es gibt nicht mal WLAN."

„In der Tat. Und das eine Mal in Ägypten, als du einen Hijab getragen und dich reingeschlichen hast, um mit der Mutter des gegnerischen Anwalts zu sprechen, und ihr gesagt hast, dass sie Harrison Ford treffen könnte, wenn der Deal zustande käme? Wir hätten die Verhandlungen niemals abgeschlossen, wenn sie nicht von ihrem Sohn verlangt hätte, dass er dafür sorgen soll, dass sie Harrison Ford treffen kann."

„Ja, das war ein Spaß. Sie war ganz aus dem Häuschen, als sie am Set war."

„Und das andere Mal, als wir in New Jersey waren und in Camden falsch abgebogen sind."

„Du wolltest rechts ranfahren und jemanden nach dem Weg fragen, weil wir keinen Handyempfang hatten. Die Kerle waren Drogendealer. Du bist manchmal so naiv."

Er streichelte ihr übers Haar. „Ich glaube, du hast mir mehrmals das Leben gerettet. Weißt du noch das eine Mal in Hongkong?"

„Ich musste *drei* Knöpfe aufmachen, um dich von diesen Kerlen wegzubekommen. Vielleicht hat Arthur recht, und du brauchst tatsächlich Security."

Er lachte leise, und sein tiefes Lachen erschütterte seine Brust unter ihrer Wange. „Wir werden immer Freunde sein, und ich brauche dich als meine Rechtsassistentin. Sind wir uns da einig?"

„Ja", sagte sie und kam sich etwas dumm vor. „Wahrscheinlich würdest du nicht lange überleben, wenn ich nicht da wäre, um dich zu retten."

Er strich über ihr Haar und an ihrem Rücken hinunter zu ihrer Taille, wo seine Arme sie eng umschlangen. „Das glaube ich auch."

KAPITEL 27
AMSBERG GEGEN ARBEITMAN, RUNDE ZWEI

Casimir lehnte sich mit vor der Brust verschränkten Armen gegen seine geschlossene Bürotür zurück. Die Nachmittagssonne senkte sich am Horizont, war zum westlichen Rand der Fenster gewandert, wo sich das Glas als Ausgleich zum grellen Licht verdunkelte.

So hätte es nicht laufen sollen.

Wenn Rox Grant endlich verließ – oder aus was für einem Grund auch immer Grant schließlich von der Bildfläche verschwand –, hatte Casimir als strahlender Retter erscheinen und Rox wieder zum Lächeln bringen wollen. Er hatte ihr zeigen wollen, wie wunderschön das Leben an der Seite eines Mannes sein konnte, der sie wertschätzte. Sie wären zusammen verreist, hätten Abenteuer erlebt und zusammen gelacht.

Als sie lediglich Kollegen waren, hatte sie die ganze Zeit gelacht.

Sie sollte nicht weinen.

Mit einer Sache hatte sie jedoch recht gehabt. Er

hatte viele dieser Dinge zu anderen Mädchen gesagt. Nicht zu allen, aber zu vielen.

Er kannte Rox seit drei Jahren. In dieser Zeit hatte sie ihm keinen Anlass dafür gegeben, zu glauben, dass sie Grant – Casimirs fiktive Konkurrenz – jemals verlassen würde, also hatte er sich in eine Affäre nach der anderen gestürzt, während er wartete. Keine der anderen Frauen hatte ihn zufrieden stellen können, jede war oberflächlicher als die zuvor, keine von ihnen so klug, zuverlässig, sympathisch oder vernünftig wie Rox – oder ebenso schön – und egal, wie sehr er auch versucht hatte, in jede dieser Beziehungen zu investieren, es kam immer irgendwann der Zeitpunkt, wo er nicht länger mit der Scharade weitermachen konnte.

Jedes Mal, wenn ihm bewusst geworden war, dass die jeweilige Frau nicht Roxanne war und auch niemals sein würde, hatten die Schuldgefühle ihn erdrückt.

Dann kam das *Ghosten*, wie Rox es nannte.

Als er einen tiefen Atemzug nahm, konnte er immer noch ihr Parfüm auf seiner Haut riechen.

Casimir lief zu seinem Schreibtisch. Ein Notizblock mit einem Vermerk in seiner Handschrift –die recht ungewöhnlich war, wie man ihm gesagt hatte – lag oben auf unzählig vielen anderen Papieren. Der Name *Valerie Arbeitman* stand darauf.

Sein Meeting mit Valerie war in fünf Minuten.

Er musste seine Aufmerksamkeit darauf richten. Er musste diesen Wahnsinn mit Rox vergessen und sich auf das Treffen mit Valerie konzentrieren.

Bei diesem Treffen ging es um viel.

Ihre Seite der Geschichte.

Das staatliche Ethik-Gremium.

Mögliche strafrechtliche Verfolgungen.

Er wünschte, Rox könnte zu diesem Treffen mitkommen, aber wenn es sehr, sehr schlecht laufen sollte, wollte er nicht, dass sie auch noch ihren Job verlor.

Er nahm sich den Notizblock und lief mit zusammengepresstem Kiefer durch das Labyrinth aus Arbeitskabinen zum Büro der Seniorpartnerin.

Valerie erwartete ihn an ihrer Tür. „Es freut mich, dass du wieder zurück bist und es dir gut zu gehen scheint", sagte sie. „Ich glaube, ich bin vorhin nicht dazu gekommen, das zu sagen."

„Ich bin ebenfalls froh zu sehen, dass du dich vollständig erholt hast", erwiderte er.

Sie zuckte mit den Schultern. „So gut wie vollständig. Meine linke Seite ist noch etwas schwach und meine Wange fühlt sich seltsam an." Sie drückte mit ihrer Hand gegen ihre Wange.

„Das könnte niemand erahnen", sagte er mit gesenkter Stimme.

Valeries Lächeln wirkte reumütig, vielleicht sogar etwas wütend. „Immer ganz der Gentleman."

„Ich bemühe mich."

Er folgte Val ins Büro hinein, und sie trat die Tür hinter ihnen zu. „Und dennoch hast du um dieses Treffen gebeten, weil du über meine Inkompetenz sprechen willst."

Valerie war eine Seniorpartnerin, und sie und Josie könnten gemeinsam beschließen, ihn aus der Partnerschaft auszuschließen, und ihn einfach so vor die Tür setzen. „Ich habe gesagt, dass es Unregelmäßigkeiten in den Verträgen gibt, die wir besprechen müssen, wie zum Beispiel den Nettogewinn im DiCaprio-Vertrag heute Nachmittag."

Valerie wedelte mit einer Hand durch die Luft, als wäre es keine große Sache, dass ihr Klient beinahe um ein paar Millionen Dollar gebracht worden wäre. „Das wäre uns spätestens beim nächsten Vertragsentwurf aufgefallen."

„Es war kein weiterer Vertragsentwurf geplant. Wer hat mit dir daran gearbeitet?"

„Wren Sishi."

Casimir schüttelte den Kopf. Wren war überaus kompetent. Sie hätte das niemals übersehen. „Ich werde sie danach fragen. Du weißt, dass sie all ihre Entwürfe speichert."

„Du deutest an, dass ich lüge."

„Während ich mich von dem Autounfall erholt habe, habe ich viele Verträge unserer Kanzlei durchgesehen, und in jedem Vertrag, für den du die endgültige Genehmigung hattest, gab es viele Unregelmäßigkeiten. *Viele.* Es sieht so aus, als hättest du entgegen der Interessen unserer Klienten gehandelt."

„Ich handle nicht entgegen ihrer Interessen. Ich tue, was ich kann, zum Wohle *aller* Interessen."

„Die gegenwärtigen Regeln für professionelles Verhalten erlauben dir nicht, *alle* Interessen zu vertreten. Nur die *unserer Klienten.* Alles andere wäre unethisch."

„Es ist wichtig, dass ich im Interesse aller handle. Und wenn ich alle sage, meine ich mich, Josie, unsere Angestellten und auch dich."

„Ich versichere dir, das ist nicht in *meinem* besten Interesse. Ich würde es niemals gutheißen, einen unserer Klienten zu betrügen."

Valerie stützte sich auf ihrem Tisch ab und starrte ihn an. „Nur weil du nicht weißt, warum ich es tue, heißt das nicht, dass es falsch ist. Ich bin mir absolut sicher, dass ich das Richtige tue. Ich bin die Seniorpartnerin, und du musst diese Sache abhaken."

„Das werde ich nicht."

„Ich habe gehört, dass du und Rox nicht im Geringsten bereit wart, Kompromisse zu machen, als ihr mit Monty Evans über den Watson-Vertrag gesprochen habt. Ich habe *alles* gehört."

„Es ist unsere Aufgabe, unsere Klienten zu vertreten. Wir müssen in ihrem Namen handeln und unser Bestes für sie tun."

„Ich kann dir nicht alles erzählen, Cash. Du musst mir einfach vertrauen und damit aufhören, andere Leute so unter Druck zu setzen."

„Ich kann dir nicht vertrauen, wenn du unsere Klienten betrügst."

„Du musst sofort damit aufhören, Leute zu bedrängen. Es wird gefährlich. Du wärst beinahe gestorben."

„Das war ein Unfall. Es hatte nichts damit zu tun."

„Natürlich, es war ein Unfall. Du musst aufhören, Leute zu bedrängen."

„Sag mir, wieso."

„Nein."

„Du hast so viele unserer Klienten betrogen. Wie könnte ich da auch nur einem Wort von dir trauen?"

Casimir hielt inne, seine Hände begannen zu zittern. Er ging im Kopf durch, was er gesagt hatte. *Du hast so viele unserer Klienten betrogen. Wie könnte ich da auch nur einem Wort von dir trauen?*

Er schüttelte das Unbehagen ab. Dieses Treffen war zu wichtig, um sich ablenken zu lassen.

„Als Seniorpartnerin sage ich dir, dass du es abhaken sollst", wiederholte Valerie eindringlich. „Du wirst aufhören, Verträge durchzusehen, die nicht deine eigenen Klienten betreffen. Ich will kein weiteres Wort darüber hören und du wirst auch nicht mehr mit Monty Evans sprechen. Hast du mich verstanden?"

Er stand auf. „Die Sache ist noch nicht vorbei, Valerie."

„Um deinetwillen, um unser aller willen, und um dieser Firma willen, hoffe ich, dass du es dir anders überlegen wirst." Sie schaute ihn mit ihren großen braunen Augen an. „Und um Himmels willen, wenn du Monty Evans wieder herausfordern musst, zieh nicht auch noch Rox Neil da mit rein."

„Rox ist meine Rechtsassistentin. Sie begleitet mich zu all meinen Meetings."

„Du schläfst mit ihr."

„Sie ist in erster Linie meine Rechtsassistentin. Sie ist eine professionelle Frau, und ich respektiere sie."

„Ich sage dir, dass du sie im Büro lassen solltest, wenn du das nächste Mal das Bedürfnis verspürst, gegen Windmühlen zu kämpfen."

„Ich kämpfe nicht gegen Windmühlen. Es geht um unethische Handlungen. Diese Verträge betrügen unsere Klienten."

„Oh, das ist nur deine Meinung."

„Ich versichere dir, das ist eine Tatsache."

„Nimm dir den Rest des Tages frei. Du bist erschöpft, weil du nach deinem Unfall so früh ins Büro zurückgekommen bist."

„Bin ich nicht", knurrte er.

„Ich habe noch einen anderen Termin. Danke,

dass du vorbeigekommen bist." Sie nahm sich ein paar Papiere vom Tisch und begann demonstrativ damit, sie zu lesen. „Pass auf dich auf, wenn du heimfährst."

„Danke für deine Zeit", sagte Casimir bedachtsam.

Er verließ ihr Büro, sprach draußen lächelnd mit anderen Kollegen, während seine Gedanken rasten.

Valerie Arbeitman log ihn in allen Punkten an.

KAPITEL 28

SEINE HEILIGKEIT PAPST
SCHEISS-AUF-ALLES

Nachdem Cash sich von ihr gelöst hatte und mit der Begründung fortgegangen war, dass er mit jemandem reden müsste, schluckte Rox ihre letzten flatternden Nerven runter und hob ihr Handy ans Ohr, mit dem sie die Nummer von Cashs Haustelefon gewählt hatte.

Ein Mann meldete sich. „Bei Casimir van Amsberg. Hallo, Roxanne."

Arthurs tiefe Baritonstimme klang nicht einmal müde, und sein britischer Akzent war so klar wie frisch poliertes Glas.

„Hey, Arthur", grüßte sie ihn. „Ich habe mich gefragt, ob Maxence schon wach ist?" Denn sie war davon ausgegangen, dass Arthur noch für ein paar Stunden seinen Rausch ausschlafen würde.

„Oh, nein. Seine Heiligkeit Papst Scheiß-auf-alles schläft noch."

„Du klingst, ähm, *okay?*"

„Natürlich. Nach einer Mütze Schlaf bin ich stets wieder fit."

„Das ist beeindruckend", sagt sie.

„Danke für das Wasser und das Natrium heute Morgen. Das hat sehr geholfen."

„Wenn ich derart betrunken gewesen wäre, hätte ich eine Infusion und einen Exorzisten gebraucht."

Arthur lachte. „Wie geht es unserem Freund an seinem ersten Arbeitstag nach dem Unfall?"

„Gut. Er macht bereits wieder ganz auf Alpha-Männchen."

„Er läuft anderen Frauen hinterher?" Arthur klang verwirrt.

„Oh, nein. Er stellt wieder seinen Platz in der Hackordnung klar. Er hat bereits zwei andere Kerle nach Feierabend zu einem Basketballspiel auf der Garage herausgefordert. Wollt Maxence und du uns danach für ein spätes Abendessen treffen?"

„Er hat *zwei* Typen herausgefordert? Spielt er eins-gegen-zwei?"

„Oh, nein. Er und Draven spielen zwei-gegen-zwei gegen zwei andere Kerle."

„Sag Draven, dass er das Team wechseln soll. Ich werde Dornröschen hier aus dem Bett werfen und dann spielen wir drei-gegen-drei, so wie in alten Zeiten."

„Okay. Ich werde es ihm ausrichten."

Und dann würde sie allen Frauen im Büro sagen, dass sie ihre Hintern aufs Dach schieben sollten.

Das würde *episch* werden.

KAPITEL 29
SPIEL UND SPASS

O h, und es war episch.

Rox und die anderen Frauen sowie ein paar der schwulen Männer standen um den behelfsmäßigen Basketballplatz herum und genossen den gloriosen Anblick von männlicher Körperkraft im Licht der untergehenden Sonne.

Weil das Schicksal ihnen an diesem Tag wohlgesonnen war, verlor Cash den Münzwurf, sodass er, Arthur und Maxence das Team „ohne Shirts" waren.

Als die drei Männer sich ihre Oberteile auszogen und Reihe um Reihe von definierten Muskeln enthüllten, war Rox sich sicher, dass mehrere Frauen im Publikum kurz davorstanden, einen Herzinfarkt zu bekommen.

Cash und die anderen Männer gaben alles, Schweiß glitzerte auf ihren Körpern. Tattoos blitzten auf. Der Ball prallte auf den Asphalt, wechselte Hände und zischte durch das Netz, während die Männer eine Stunde lang herumwirbelten, sprangen, blockten und sich wegduckten.

Bei Maxence war jeder einzelne Muskel sichtbar. Er hatte wirklich null Prozent Körperfett. Vielleicht hatte er irgendwo tief in sich noch ein paar Zellen Fett versteckt, aber davon war nichts zu sehen.

Die Zuschauer waren sich relativ sicher, dass Cash und seine Freunde das Spiel gewinnen würden, aber der Punktezähler war abgelenkt und verzählte sich zweimal, also konnte man es nicht sicher sagen.

Aber es interessierte sowieso niemanden.

Rox war ebenfalls äußerst abgelenkt, denn jedes Mal, wenn Cash, Maxence oder Arthur die Hände hoben, um zu werfen, konnte sie das Tattoo sehen, das sie alle auf der Innenseite ihres rechten Arms trugen: drei Schilde, die um einen keltischen Knoten arrangiert waren.

Sie musste Cash bei nächster Gelegenheit danach fragen.

Und nach ein paar anderen Dingen.

Nach dem Spiel gingen Cash, Arthur und Maxence in Cashs Fitnessstudio, das um die Ecke von der Kanzlei lag, um dort zu duschen, und Rox wartete im Büro auf sie.

Ungefähr fünfzehn Minuten später entdeckte Rox Wren, die zu ihrem Arbeitsplatz zurücklief. Sie packte die andere Frau am Arm und zerrte sie mit den Worten „Ich muss mit dir reden" in die Damentoilette.

„Ich kann nicht glauben, dass ihr Valerie Arbeitman aus einem Meeting rausgeworfen habt", wisperte Wren und begann, ihren roten Lipgloss neu aufzutragen. „Sie hat den ganzen Weg in ihr Büro

vor Zorn gekocht und die Tür hinter sich zuge-
schlagen."

„Ich muss mit dir über Cash reden", sagte Rox.

„Oh?" Wrens Blick wurde argwöhnisch.

„Als du mit Cash zusammen warst …"

„*Wieso?*", fragte Wren und setzte ihren Lipgloss
ab.

„Nur so eine Frage. Es gibt keinen Grund."

„Bist du mit ihm involviert?"

„Vielleicht etwas", gab Rox zu.

Wren ließ ihren Lipgloss fallen und griff schnell
danach, bevor er vom Waschbecken runterfiel.
„Aber du bist verheiratet!"

„Nein, das bin ich nicht wirklich. Die ganze
Geschichte habe ich mir irgendwie ausgedacht."

„Wie meinst du das, *irgendwie* ausgedacht?"

Wren war eine verdammt gute Rechtsassistentin.
Rox hätte wissen sollen, dass sie zunächst die Begriff-
lichkeiten klären wollen würde. „Es bedeutet, dass
ich Grant erfunden habe. Die Fotos sind Porträtauf-
nahmen, die ich von einer Freundin bekommen
habe, die für eine Talentagentur arbeitet. Die
Urlaubsfotos waren gephotoshopt. Ich bin nicht
verheiratet. Das war ich nie. Grant existiert nicht."

„Aber ich habe ihn getroffen!", protestierte
Wren.

„Nein, hast du nicht."

„Doch! Beim Grillen letzten Sommer!"

„Nein. Das muss jemand anderes gewesen sein."
Rox hatte nie eine Begleitung zu irgendeiner Veran-
staltung mitgebracht.

„Ich habe ihn getroffen, und er hat mir von einer
Rolle erzählt, für die er vorsprechen wollte."

„Nun, das ist in Kalifornien nicht weiter ungewöhnlich."

„Ich könnte schwören, dass ich ihn getroffen habe", sagte Wren, ihr langes, blondes Haar wirbelte durch die Luft, als sie den Kopf schüttelte.

„Ich versichere dir, das hast du nicht. Ich habe nie irgendwelche Männer zu Veranstaltungen mitgenommen, weil Grant nicht existiert."

„Hm. Ich frage mich, wen ich dann damals getroffen habe. Vielleicht Brochelles Verlobten."

„Ja, vielleicht. Hör mal, wegen Cash …"

„Ich kann nicht glauben, dass du doch noch schwach geworden bist. Wir haben schon alle gedacht, du wärst gegen seinen Charme immun oder so was." Sie klimperte mit den Wimpern, kontrollierte im Spiegel, ob sich Mascara-Klumpen darin befanden. „Nun, wir haben alle geglaubt, du wärst verheiratet."

„Hat er dich, als ihr zusammen wart, jemals anders angeredet? Mit einem Kosenamen oder so?"

Wren runzelte die Stirn. „Wie was?"

Wie *lieveke*. „Ich weiß nicht, wie Süße oder Schatz? Oder etwas Niederländisches?"

Wrens Stirnrunzeln vertiefte sich verständnislos. „Warum ausgerechnet ein niederländischer Kosename?"

„Oder etwas anderes? Etwas Britisches oder Deutsches vielleicht?"

Wren schaute zu den länglichen Deckenlampen hoch. „Ich glaube nicht. Wie kommst du darauf?"

„Nun, er …" Rox musterte ihre eigenen Augen im Spiegel. Sie sahen verängstigt aus, übergroß und schlammig braun. „Man könnte ihn recht enthusiastisch nennen."

„Drängt er dich zu etwas, das du nicht tun willst?", fragte Wren und berührte Rox' Handgelenk.

„Nein, nein. Nichts dergleichen."

„Ja, er hat es auch gar nicht nötig, sich jemandem aufzudrängen." Sie grinste.

„Hat er dich glauben lassen, er würde dich lieben? Sind deswegen immer alle so niedergeschlagen, nachdem es mit ihm vorbei ist?"

„Er hat nie etwas in der Richtung getan", sinnierte Wren. „Zumindest hat er mir niemals gesagt, dass er mich lieben würde, und ich habe auch nicht gehört, dass er bei einer anderen das Wort Liebe in den Mund genommen hätte. Er ist keine dieser Turteltauben, weißt du? Er redet nie über sich selbst. Hat mir nie etwas von seiner Kindheit erzählt, oder wie er in London aufgewachsen ist, oder wie ihm das Leben in England gefallen hat."

Und anscheinend hatte Cash ihr ebenso wenig erzählt, dass er eigentlich Niederländer war.

„Wir sind auch nie mit anderen Leuten weggegangen. Es waren immer nur er und ich, und so war es auch viel intensiver."

„Also hast du nie seine Freunde getroffen oder so was."

„Oh, Gott bewahre, nein. Wir haben uns immer in Hotels getroffen. Wer waren eigentlich die Männer, mit denen er heute Basketball gespielt hat?"

„Nur ein paar Kerle, die er kennt. Also warst du nie bei ihm zu Hause?"

„Nein. Wir sind nie zu ihm nach Hause gefahren. Aber wir haben uns auch nicht oft in L.A. getroffen. Entweder sind wir geflogen oder er hat uns irgendwohin gefahren. Ich habe die Theorie, dass er gar kein Haus hat und sein ganzes Gehalt für sein Auto, seine Klamotten und seine Dates ausgibt."

Oh, das stimmte auch nicht.

„Wenn überhaupt", fuhr Wren fort, „würde ich sagen, dass ich mir die ganze Zeit über bewusst war, dass es nur Spiel und Spaß war, und dass so etwas Intensives und Oberflächliches nicht lange andauern könnte. Er ist in dieser Hinsicht wie ein Laser, intensives Licht, aber es berührt nur die Oberfläche und prallte von allem Festen ab. Und es hat keine Masse, keine Schwerkraft."

Rox' Hände ballten sich zu Fäusten. „Aber warum sind dann alle so am Boden zerstört, wenn er sie ghostet?"

„Er ist wie Katzenminze, weißt du? Er ist lustig und etwas ausgeflippt, du hast eine unglaublich gute Zeit mit ihm. Mit ihm abzuhängen ist *wild*. Ich kam nie vor halb elf ins Büro. Manchmal erst um elf. Es fühlt sich wie ein Spiel an, wenn du mit ihm zusammen bist. Nicht wie ein Spiel, wo einer gewinnt und einer verliert. Das Gegenteil eines Nullsummenspiels, bei dem ihr beide gewinnt, aber es ist definitiv ein Spiel. Und die Dates! Ich hatte, als es mit uns angefangen hat, nicht mal einen Reisepass. Er hat dafür gesorgt, dass mir schnell einer ausgestellt wurde, damit wir uns am ersten Wochenende eine Symphonie in Milan anschauen konnten. Und zu der Zeit war dort auch die Fashion Week, und er hat mir einen Haufen Kleidung gekauft."

„Das ist alles? Er kauft den Mädchen ein paar Sachen und führt sie auf teure Dates aus?"

„Es ist eher so, als wärst du in eine Achterbahn gestiegen und einige Wochen oder Monate lang mit ihr gefahren. Wenn du schließlich wieder aussteigst, fühlen sich deine Beine für eine Weile seltsam an und du willst wieder einsteigen, weil du die ganze Zeit über gelacht und geschrien hast."

„Also hat es euch nur gefallen, ihn wie eine Achterbahn zu besteigen."

Wren lachte. „Ja, das kann man so sagen. Im Bett macht es auch Spaß mit ihm."

Rox verzog das Gesicht.

„Tut mir leid. Ich will vor dir nicht so über ihn reden. Während du im Moment bist, ist es ein Adrenalinrausch, und du solltest das Spiel so lange genießen, wie es andauert."

Sie biss sich auf die Unterlippe. „Was hat er getan, bevor er dich geghostet hat? Woher wusstest du, dass er das tun würde?"

Wren schaute sie von der Seite an. Mit gepresster Stimme erwiderte sie: „Ich wusste es nicht. Es hat mich eiskalt erwischt. So ist es bei allen. Er macht einfach plötzlich dicht."

„Aber er muss dir eine Art Hinweis gegeben haben. Da muss etwas gewesen sein", beharrte Rox.

„Nein." Wren schüttelte ihr blondes, lockiges Haar auf.

„Er hat niemand anderen getroffen? Er hat keine mysteriösen Textnachrichten oder Anrufe bekommen und musste dann irgendwo hin?"

„Nein, nichts. Ich glaube nicht, dass er jemand anderes in den Startlöchern stehen hatte. Alles war locker flockig, und dann war er fort. Es war wie jeder andere Tag und dann war es plötzlich vorbei."

„Ja", sagte Rox und starrte ihre braunen, gequält dreinblickenden Augen im Spiegel an. „So ist es immer, ein Tag wie jeder andere, bis sie plötzlich fort sind."

KAPITEL 30
EUROSCHNÖSEL

Nachdem Rox und Cash dessen zwei alte Schulfreunde mit einem apokalyptisch scharfen thailändischen Abendessen ins Schwitzen gebracht hatten, saßen die vier um den Tisch herum, und Arthur verkündete, dass er und Maxence mit dem Taxi zum Flughafen fahren und am nächsten Morgen wieder zurückkommen würden.

„Was habt ihr vor?", fragte Rox, bevor sie sah, das Cash ihr bedeutete, das Thema fallen zu lassen. „Nicht dass es wichtig wäre. Ihr seid große Jungs. Ihr seid mir keine Rechenschaft schuldig."

Arthur lachte. „Hast du sie gewarnt, Caz?"

Cash funkelte ihn an. „Sie vor was gewarnt?"

Arthur lachte wieder.

Maxence starrte seinen leeren Teller an und arrangierte sein benutztes Besteck darauf, ohne den Blick zu heben.

Okay, sie hatten offensichtlich etwas Verdorbenes vor.

Manchmal war Rox keine nette Person. Sie fragte: „Also, du gehst auch mit, *Maxence?*"

Er schaute vorsichtig auf. „Jemand muss dafür sorgen, dass Arthur nicht sturzbesoffen in der Gosse endet."

Cash schnaubte, es klang beinahe wie ein Lachen.

„Jemand muss sich um ihn kümmern. Du weißt, wie er ist", meinte Maxence zu ihm.

„Du könntest ihm einen deiner Aufpasser mitschicken", erwiderte Cash. „Sie sind immer noch am Flughafen, oder?"

Maxence schürzte seine vollen Lippen. „Sie würden mich hier nicht zurücklassen. Wenn ich will, dass sie gehen, muss ich selbst gehen."

„Das ist wirklich aufopfernd von dir", sagte Rox.

Maxence schaute mit verengten Augen zu ihr rüber, als wäre er sich unsicher, ob sie sich über ihn lustig machte.

Arthur klopfte ihm auf die Schulter. „Ja, Maxence. Es ist wirklich aufopfernd von dir, praktisch durch die Hölle zu gehen, nur um sicherzustellen, dass ich im Devilhouse nicht in einer Pfütze aus meinem Erbrochenen ende."

Jetzt hatte Rox den Verdacht, dass man sich über *sie* lustig machte.

Maxence' schwarze Augenbrauen zogen sich zu einem Stirnrunzeln zusammen. „Noch bin ich kein Priester."

Arthur prustete los und schlug ihm auf die Schulter. „Das ist die richtige Einstellung, Maxence. Und mit meinem zunehmenden Einfluss und etwas Glück wirst du das auch nie."

„*Arthur*", sagte Cash mit warnend tiefer Stimme.

Maxence schüttelte den Kopf, sein schwarzes Haar fiel über seine Stirn. Seine dunklen Augen nahmen einen gequälten Ausdruck an. „Du hast recht. Ich sollte nicht hingehen. Diese Lasterhöhle …“

„Ach, komm schon. So schlimm ist es nicht!“, beharrte Arthur.

„… ist ein Symbol von allem, was ich hinter mir lassen sollte. Die Dekadenz. Andere Menschen für sein eigenes Vergnügen auszunutzen. Wir sollten besser sein als das.“

Arthur griff sich an die Brust. „Maxence, wenn du so weitermachst, verletzt du noch meine Gefühle.“

„Tut mir leid, Arthur …“

„Ich mach nur Spaß. Ich habe all meine Gefühle bereits vor Jahren in Scotch ertränkt. Ich glaube, du könntest dort gewesen sein, aber du warst wahrscheinlich in etwas Schlimmeres verwickelt als ich, wenn man bedenkt, was für Jahre das damals waren.“

Rox lehnte sich in ihrem Stuhl zurück, unsicher, auf welche Seite sie sich stellen sollte. Ihre Aufmerksamkeit richtete sich unweigerlich auf Cash, und obwohl er sein ausdrucksloses Anwaltsgesicht aufgesetzt hate, konnte Rox sehen, dass er aufgebracht war.

„Lass uns nicht hingehen, Arthur“, sagte Maxence. „Sicherlich können wir dieser Versuchung widerstehen.“

„Oh, ich gebe der Versuchung bei jeder Gelegenheit, die sich mir bietet, nach. Ich gehe.“

Maxence schaute zu Cash. „Du könntest mit ihm gehen.“

Cash schüttelte den Kopf. „Ich gehe nicht ins Devilhouse."

„Es ist Montagabend", schaltete sich Rox ein. „Wir müssen morgen ins Büro."

Cash schaute auf seinen Teller runter, als hätte sie etwas Unbeholfenes gesagt. Nun, zum Teufel mit ihm. Sie war ein hart arbeitendes Südstaatenmädchen und würde ganz sicher nicht mit einer Alkoholfahne ins Büro torkeln.

„Wir wären rechtzeitig wieder zurück", sagte Arthur. „Der Flug dauert nicht länger als eine Stunde. Nachdem wir zurück sind, wäre noch genug Zeit, um zu duschen und um zehn bei der ‚Arbeit' zu sein."

Sie konnte seine Anführungszeichen um das Wort „Arbeit" herum hören, als wäre es für ihn ein fremdes Konzept. Ja, wahrscheinlich war es das. „Das Büro macht um neun auf. Nicht um zehn."

„Wir könnten den Piloten bitten, schneller zu fliegen. Wenn deine Alkoholtoleranz allerdings so niedrig ist, dass du nach ein, zwei Drinks am Vortag bereits nicht mehr im Büro funktionieren kannst, wäre es vielleicht besser, dich hier zu lassen. So ein Abenteuer könnte zu viel für dich sein."

Hitze stieg in Rox' Kopf auf. „Ich versichere dir, dass wir Südstaatenmädchen ebenso gut trinken können wie jeder verweichlichte Euroschnösel."

„Hast du das gehört, Caz?" Arthur stupste mit seinem Handrücken gegen Cashs Arm. „Wir sind Euroschnösel."

„*Du* bist das", murmelte Cash. „Rox, ich glaube nicht …"

Rox sprach mit lauter werdender Stimme weiter: „Wir Südstaatler werden als Babys nicht mit Milch, sondern mit Maker's Mark Whiskey großgezogen, bis wir auf Jim Beam Devil's Cut umgewöhnt werden. Ich versichere dir, ich kann mit allem mithalten, was ihr glaubt, in euren wildesten Nächten stemmen zu können."

Auf Arthurs Gesicht breitete sich langsam ein teuflisches Grinsen aus. „Dann hätten wir die Sache ja geklärt. Wir werden alle gehen. Ich sage dem Piloten Bescheid, dass er das Flugzeug bereitmachen soll."

„Wir bleiben nicht die ganze Nacht fort", sagte Rox mit fester Stimme. „Wir bleiben für drei Stunden und fliegen um Mitternacht wieder zurück nach Hause. Ihr Jungs seid nicht besser erzogen als ein Hund, der gerade mal stubenrein ist, da kann ich euch nicht einfach die ganze Nacht lang in einer fremden Stadt rumstreunen lassen."

Arthur grinste nach wie vor unheilvoll. „Ich werde Wulf bitten, einen Wagen zum Flughafen zu schicken, damit wir auf unserem Trip keine Zeit verschwenden."

KAPITEL 31
WAS FÜR EINE ART CLUB

Rox erklärte sich bereit, alle zum Flughafen zu fahren, wo sie an Bord von Arthurs privatem Flugzeug gehen würden – es fiel ihr immer noch schwer, diesen Satz auch nur zu denken.

Als sie das Restaurant verließen, schaffte Rox es, Cash für einen Moment allein draußen vor der Tür zu erwischen, während Arthur und Maxence sich so kebbelten, wie es nur zwei alte Freunde konnten: jeder Kommentar spielte auf ein schmerzhaftes Kindheitstrauma an.

Sie stand draußen vor der Tür und schaute prüfend nach hinten zurück, aber die anderen zwei waren noch weit von ihnen entfernt. Cash legte einen Arm um ihre Taille.

„Also …" Rox ließ einen singenden Tonfall in ihrer Stimme mitschwingen, um nonchalant zu klingen, auch wenn sie das ganz und gar nicht war. „Weißt du, von was für einem Club die beiden gesprochen haben?"

„Ja", erwiderte Cash.

„Also, ich … *ernsthaft?*"

„Ja."

„Ich glaube, ich will nicht wissen, woher du das weißt."

„Diese Art Club ist in Europa nicht ungewöhnlich. Hier vielleicht schon, aber dennoch weiter verbreitet, als du glauben würdest."

„Ich traue mich kaum zu fragen, wie weit verbreitet sie sind." Sie schaute in die frühe Nacht hinaus, wo eine Reihe Straßenlaternen eine gepunktete Lichtspur entlang der dunklen Straße zogen.

„In Los Angeles gibt es fünf, von denen ich weiß", sagte Cash.

„*Nein.*"

„Absolut."

„Von denen *du* weißt?" Rox sollte wirklich besser den Mund halten.

„Ja. Bist du sicher, dass du zu diesem Club mitgehen willst?"

„Ich will nur sichergehen, dass ihr Jungs in keinerlei Schwierigkeiten geratet."

„Oh, das werden die beiden garantiert."

„Ich werde nicht mitmachen."

„Warum gehst du dann hin?" Er strich mit seinen Fingerknöcheln an ihrer Wange hinab und seitlich über ihren Hals. „Willst du wissen, was dort vor sich geht?", wisperte er mit tieferer Stimme.

„Oh, du lieber Himmel. Ich bin mir sicher, dass ich nicht wissen würde, was ich tun soll. Zweifellos würde ich mich nur zum Affen machen."

„Wie viele Freunde hattest du bisher, Rox?"

„Ich weiß nicht. Sechs vielleicht? Sieben?"

„Und wie viele davon waren *richtige* Freunde? So

fragen die Amerikaner nach den Sexualpartnern, oder?"

„Ähm, ja. So fragen wir danach, ohne es richtig zu sagen." Sie schaute zu ihren Zehen runter, und ihre unruhigen Füße schienen auf dem Bürgersteig nicht stillstehen zu können.

„Also wie viele *richtige* Freunde hattest du bisher, Rox?"

„Dich eingeschlossen?"

„Ja."

„Oh. Nun. Ähm. Drei."

„*Mich eingeschlossen?*"

„Ja. Oh, jetzt denkst du schlecht von mir."

„Nein, das tue ich nicht. Hat einer von den anderen jemals etwas Ungewöhnliches tun wollen?"

„Gott, *nein*. So was habe ich *nie* getan." Sie wünschte verzweifelt, dass sie dieses Gespräch nie angefangen hätte.

„Willst du, dass ich dir zeige, was in solchen Clubs vor sich geht?", fragte er wieder. „Vielleicht in einem privaten Zimmer?"

Rox schluckte schwer. Ihr ganzer Körper schien zu kribbeln. „Ja."

KAPITEL 32
DER DOM VOM DEVILHOUSE

Am Flughafen warteten sechs Männer im Terminal, die alle identisch aussehende schwarze Anzüge und Sonnenbrillen trugen – obwohl es nachts war und sie sich in einem Gebäude befanden. Sie nickten Maxence zu, der sie mit einem Handschlag begrüßte, und hielten sich dann den Rest des Abends im Hintergrund.

Rox behielt sie im Auge, aber sie nippten nur an ihrem Mineralwasser und spielten Karten, als würden sie nicht alle subtil nach Schießpulver riechen.

Südstaatenmädchen fiel so etwas auf. Sie rückte näher zu Cash.

Der kleine Jet bot zwölf große, sesselähnliche Sitzplätze. Das cremefarbene Leder war makellos und auf jedem Sitz mit einem verschnörkelten *S* bestickt.

Nach dem, was sie bisher von Arthur wusste, vermutete Rox, dass das S für Slytherin stand.

Zwei von Maxence' Securitymännern ließen sich

auf den ersten zwei Sitzen nieder, aber der Rest von ihnen begab sich zum hinteren Teil des Flugzeugs. Sie ließen Maxence allein, sodass er für den Rest des Flugs in der Mitte ungestört mit Arthur, Cash und Rox reden konnte.

Rox wunderte sich, warum Maxence ein Securityteam brauchte, während das bei Arthur und Cash nicht der Fall war, und dann kam ihr das seltsame Gespräch der Männer an jenem ersten Tag wieder in den Sinn.

Maxence hatte „dynastische Probleme".

Cash war seinen entkommen.

Arthur wirkte weniger besorgt.

Rox grübelte über das Konzept von „dynastischen Problemen" nach, wie ein Frettchen, das einen seltsamen Geruch entdeckt hatte, von dem es besessen war, während die Männer sich über Sport unterhielten. Die College-Football-Saison war in vollem Gange, aber sie schienen sich eher für die internationale Rugby-Weltmeisterschaft zu interessieren. Arthur verhielt sich in der Diskussion recht bescheiden und Maxence schnippisch. Rox vermutete, dass England einer der Favoriten war, die Niederlande im Mittelfeld lagen und Monaco ein schwaches Team hatte.

Sie flogen etwas mehr als eine Stunde – eine silberne Wespe, die durch den Nachthimmel zischte – und landeten inmitten heller Großstadtlichter.

In dem kleinen, privaten Terminal ohne sichtbare Sicherheitskontrollen stand ein Mann, der auf sie wartete. Er trug einen nachtschwarzen Anzug, der nur ein paar Nuancen dunkler als seine Haut war. Ungewöhnliche Ausbuchtungen nahe seiner Achseln behinderten seine Armfreiheit.

Er schaute zu der Gruppe und beobachtete jeden genau, besonders die sechs Männer, die Maxence umrundet hatten, sobald sie im Terminal angekommen waren. Maxence' Security behielt den Mann im Auge und nahm eine defensive Formation ein.

Der Mann im schwarzen Anzug näherte sich ihnen, sein Rücken war kerzengerade, als wäre er ein ehemaliger Soldat. „Gentlemen, ich bin Jeffrey Jackson. Ich wurde geschickt, um Sie heute Abend zu eskortieren."

Einer von Maxence' Männern trat nach vorne. Er war der kleinste der Sechsergruppe und eher drahtig als muskelbepackt. „Hugo Faure. Wir haben am Telefon miteinander gesprochen." Sein Akzent klang wie französisch angehauchtes Italienisch.

„Ah", sagte Mr. Jackson, schüttelte Faures Hand und schaute ihn dabei direkt an. „Freut mich, Sie kennenzulernen, Sir."

Hugo Faure nickte. „Gleichfalls, Sir."

Es war irgendwie seltsam, dass sie sich beide Sir nannten, und Rox hatte den Eindruck, dass sich irgendetwas Militärisches zwischen ihnen abspielte.

Cash trat mit ausgestreckter Hand nach vorne. „Ich bin Casimir van Amsberg. Das sind Rox, Arthur und Maxence." Er deutete mit dem Kinn zu ihnen, während er sie vorstellte.

Mr. Jackson schüttelte Cashs Hand und nickte allen zu. „Hier entlang."

Jackson führte sie zu drei SUVs, die mit laufendem Motor auf dem Parkplatz standen. Maxence winkte, als seine Securitymänner ihn von der Herde abkapselten und auf eins der wartenden Autos zumanövrierten.

Die Fahrt durch die Stadt war schnell, und Cashs Arm lag den ganzen Weg über auf der Rückenlehne ihres Sitzes. Rox lehnte sich gegen ihn, fragte sich, worauf sie sich hier eingelassen hatte.

Schließlich kamen sie an einem großen, weißen Gebäude an, das wie ein südliches Plantagenhaus aus *Vom Winde verweht* aussah.

„Ich dachte, das hier wäre ein …", wisperte Rox Cash zu.

Er drückte ihre Hand, und Rox verstummte, auch wenn sie sich ziemlich sicher war, dass Mr. Jackson ebenfalls wusste, was für ein Ort das hier war.

Die SUVs setzten sie an der Vordertür ab, wo nach oben gerichtete Scheinwerfer Säulen, Fenster und dekorative Wandverkleidung erhellten.

Mr. Jackson stieg auf der Fahrerseite aus und warf einem anderen Mann in einem schwarzen Anzug die Schlüssel zu, während er vorne ums Fahrzeug herumging. Der andere Mann fuhr mit dem SUV davon und ließ sie an der Tür zurück.

Rox rieb sich in der kühlen Nachtluft über die Arme und wandte sich wieder der Vordertür zu.

Ein weiterer Mann stand in der offenen Tür, erhellt von der Innenbeleuchtung hinter ihm und dem Scheinwerferlicht draußen. Er war sehr groß, vielleicht über ein Meter neunzig, so wie Cash und seine Schulkumpel. Außerdem trug er einen dunkelblauen Anzug, ähnlich wie die anderen anwesenden Männer, die allesamt eine Vorliebe für dunkle Anzüge zu haben schienen, und hatte hellblondes Haar. Sein Haar wirkte in dem grellen, nach unten scheinenden Licht wie Gold, und als er zu Rox aufschaute, waren seine Augen einfach umwerfend.

Das Dunkelblau darin grenzte fast an Violett, sobald er seinen Blick von ihr zu Arthur wandern ließ, der auf der anderen Seite neben Cash stand.

In den Augen des Mannes hatte kein Funken Freundlichkeit gelegen, als er sie angesehen hatte, nur Kalkulation. Rox rückte näher an Cash heran, versteckte sich halb hinter ihm.

Cash schritt zügig den weißen Flur entlang, seine Schritte wurden von dem dicken, blauen Teppich unter ihren Füßen gedämpft, und er streckte noch im Gehen seine Hand aus. „Hallo!"

Kein Name, bemerkte Rox. Üblicherweise fing Cash mit den Namen der Leute an, weil er sich an alle erinnerte.

Der blonde Mann kam ihnen ein paar Schritte entgegen, ebenfalls mit einer ausgestreckten Hand. Sein Lächeln war so kalt, dass Rox Gänsehaut auf den Armen bekam. Kein Anzeichen von Wärme erreichte seine Augen.

„Casimir", sagte er und schüttelte Cashs Hand. Er berührte sein eigenes Gesicht auf der Seite, wo Cash immer noch einen weißen Verband auf seiner Wange hatte. „Alles in Ordnung?"

„Oh, ja", erwiderte Cash. „Kein Problem."

Er nickte und wandte sich den anderen zwei Männern zu. „Arthur, Maxence. Es freut mich, euch nach so langer Zeit wiederzusehen."

„Ja, es ist viel zu lange her", meinte Arthur, und ein Grinsen legte sich auf seine Lippen. „Unser letztes Treffen muss schon einige Wochen her sein."

„In der Tat. Und dich habe ich seit Jahren nicht gesehen, Maxence. Nirgendwo."

In den Worten schien unterschwellig noch etwas mitzuschwingen.

Rox kam sich in Gegenwart der über ihr aufragenden, hochgewachsenen Männer noch kleiner vor als sonst. Man musste sie in der Schule, die sie alle besucht hatten, mit Wachstumshormonen gefüttert haben. Von der Menge an Testosteron zu urteilen, das zwischen ihnen in der Luft lag und das man beinahe riechen konnte, mussten es Wachstumshormone vom Braham-Bullen gewesen sein.

Cash wandte sich ihr zur, beugte sich etwas auf ihre Höhe runter und deutete mit ausgebreitetem Arm auf den blonden Mann. „Rox, das ist der Dom vom Devilhouse. Du kannst ihn Sir oder Dom nennen."

War das sein Ernst? Sie hatte von Büchern gehört, die von so etwas handelten, sie aber nicht gelesen.

Okay, sie hatte schon mal ein paar solcher Bücher gelesen.

Cash richtete sich auf und sprach zum Dom: „Das ist Roxanne Neil. Sie ist mit mir hier."

Der letzte Teil klang etwas scharf, so wie zu dem Zeitpunkt, als Cash dem gegnerischen Anwalt gesagt hatte, dass Rox und er nicht zu der Stripper-Party gehen würden.

Der Dom beugte sich leicht nach unten, um ihre Hand zu schütteln. Innerhalb der Minute, die er ihr in die Augen schaute, schien er alles von ihr zu erfassen.

„Freut mich", krächzte sie.

„Mich ebenfalls", erwiderte der Dom, der sie immer noch mit seinem Blick durchbohrte. Als sie in seine Augen schaute, hellte sich das Dunkelblau darin zu einem Kobaltblau auf, das beinahe zu glühen schien.

Rox zog ihre Hand aus seiner heraus und trat wieder näher zu Cash, auch wenn sie scheinbar ihren Blick nicht von den Augen des Doms lösen konnte.

Der Dom richtet sich auf und wandte sich wieder Arthur zu, wodurch ihr Blickkontakt unterbrochen wurde. „Hier entlang, meine Herren", er warf Rox ein schwaches, kühles Lächeln zu, „und meine Dame. Wie wäre es erst einmal mit einem Drink in meinem Büro?"

„Gerne, Sir", erwiderte Arthur.

Rox folgte den Männern durch weiß gestrichene Flure und wappnete sich für die unsagbar schmutzige und seltsame Ausstattung, die man im Büro eines Sexclubbesitzers vorfinden würde. Sie nahm einen beruhigenden Atemzug, bevor sie durch die Tür ging, aber im hinteren Bereich des Büros standen lediglich ein paar blaue Sofas und Stühle um einen Couchtisch herum und daneben ein Glas-Schreibtisch. Ein langes, breites Fenster bot eine nächtliche Aussicht auf – wie Rox annahm – den Parkbereich, den sie auf dem Weg hierhin durchfahren hatten, bevor ihre Fahrer sie vor der Vordertür abgesetzt hatten.

Etwas enttäuschend.

Sie folgte Cash zu einem der Sofas und setzte sich neben ihn, auf die Seite, wo er keinen Verband auf der Wange trug.

Er zog sie zu sich, schlang einen starken Arm um sie.

Zu jeder anderen Zeit hätte sie sich über diese besitzergreifende Geste empört, aber der Dom drehte sich wieder zu ihnen um und fixierte sie mit seinem Blick.

Sie rutschte näher zu Cash, wickelte sich beinahe um sein Bein und seine schmale Taille.

Der Dom setzte sich auf das Sofa gegenüber von ihnen. „Die Getränke werden in Kürze hier sein. Casimir, ich nehme an, du würdest ein privates Zimmer bevorzugen?"

Cash nickte und festigte seinen Griff um Rox.

„Arthur und Maxence", fuhr der Dom fort, „euch bleiben noch ein paar Minuten bis zu euren Terminen."

Arthur grinste.

Maxence rutschte unruhig auf seinem Stuhl umher. „Ich brauche heute Abend keinen Termin."

Der Dom hob eine blonde Augenbraue. „Es wird sie enttäuschen, wenn du absagst."

Arthur lachte laut und lehnte sich in seinem Stuhl zurück.

Die Bürotür öffnete sich und eine kleine Frau kam herein. Ihr natürlich krauses Haar kringelte sich um ihren Kopf und sie trug das engste, kürzeste Kostüm, das Rox jemals an einem echten Menschen und nicht nur an einer Schaufensterpuppe gesehen hatte. Sie trug ein breites Tablett mit mehreren Gläsern und Karaffen, die mit unterschiedlichen Flüssigkeiten gefüllt waren.

Der Dom schaute zu ihr auf. „Danke, Glenda."

Als sie lächelte, enthüllten ihre üppigen Lippen strahlend weiße Zähne. Sie stellte das Tablett auf dem Couchtisch ab und rückte ihren Rock zurecht, bevor sie sich wieder zum Gehen wandte.

Sobald sich die Tür hinter ihr geschlossen hatte, sagte Maxence: „Ich kann nicht."

„Das ist verständlich", sagte der Dom. Seine tiefe Stimme klang so neutral und urteilsfrei wie bisher. Er beugte sich nach vorne, goss in jedes der Trinkgläser etwas anderes und füllte auch ein Glas mit Weißwein.

Cash nahm ein Trinkglas für sich und reichte Rox das Weinglas. Sie nippte daran, schmeckte die süße Note und den an Karamell erinnernden Abgang eines sehr guten Weines. *Köstlich.* Sie leerte die Hälfte ihres Glases.

„Ich *sollte nicht*", sagte Maxence wieder zum Dom.

„Das liegt ganz bei dir", erwiderte der Dom.

„Man benutzt dabei einen Menschen als sein Spielzeug, wie ein Objekt. Ich *kann nicht.*"

„Ich halte Mairearad weder für ein Spielzeug noch für ein Objekt und ich versichere dir, so solltest du sie nicht nennen."

Maxence saß auf der Kante seines Stuhls, streckte beide Hände gestikulierend aus. „Aber so ist es. Es ist alles oberflächlich. Es ist manipulativ. Es ist *böse.*"

„Warum fragst du nicht Mairearad, was sie denkt? Ich sollte nicht für sie sprechen."

Maxence zuckte zurück.

Rox war beeindruckt. Dieser Dom-Typ würde einen guten Prozessanwalt abgeben.

„Immerhin hast du sie bereits für dieses Zeitfenster gebucht", meinte der Dom. „Es wäre unhöflich, jetzt abzusagen. Ich schlage vor, du trinkst etwas mit ihr und fragst sie, was sie denkt."

„Sie wird sagen, was sie glaubt, dass ich hören will", grummelte Maxence.

Die blonden Augenbrauen des Doms hoben sich unmerklich. „Das bezweifle ich." Es klopfte an der Tür. „Ah, da ist sie."

Maxence sackte in seinen Stuhl zurück. Mit unsicher-grimmigem Ausdruck schaute er zur Tür.

Rox versuchte, sich einen Plan einfallen zu lassen, wie sie ihn aus dieser Situation rausbekommen könnte. Sicherlich könnte sie etwas sagen, das ihm eine Vorlage geben würde, um die Flucht zu ergreifen.

Eine Frau stolzierte ins Büro, ihr ebenholzfarbener Pferdeschwanz schwang mit jedem ihrer Schritte mit. Ihre schwarze Hose glänzte im Deckenlicht, und Rox brauchte eine Sekunde, um zu bemerken, dass sie aus Leder war. Diskrete silberne Nieten funkelten an den Hosentaschen.

Die Frau lächelte die vier Männer an, ihre dunkelroten Lippen bildeten einen starken Kontrast zu ihrer hellen Haut. Sie sah vampirisch aus. „Gentlemen", sagte sie mit tiefer, sinnlicher Stimme.

Oh. Mein. Gott.

„Maxence, das ist Mairearad", sagte der Dom.

Als Rox zu Maxence schaute, waren seine dunklen Augen geweitet und seine Hände auf den Armlehnen seines Stuhls zu Fäusten geballt. Er wirkte nicht wütend. Er schaute die Frau mit hungrigem Blick an und lockerte die Finger etwas, um sich stattdessen am Polster festzuklammern. Es sah so aus, als würde er sich mit den Fingernägeln im Stuhl festkrallen, um sich davon abzuhalten, auf sie zuzustürzen.

Mairearad lächelte Maxence an, als würde sie all seine Geheimnisse auf einen Blick sehen können. „Hallo, Maxence."

Maxence erhob sich wie hypnotisiert von seinem Stuhl. „Ich würde dir gern ein paar Fragen stellen. Das ist alles."

„Natürlich", sagte sie und ging zur Tür. „Folge mir."

Maxence folgte ihr. „Ich will dir nur ein paar Fragen stellen", wiederholte er.

Sie drehte sich wieder zu ihm um und erwiderte mit sanfterer Stimme: „Lass uns in meinem Büro reden."

Maxence' Schultern sackten erleichtert runter. „Ja, in deinem Büro."

Er folgte ihr hinaus und schloss die Tür hinter sich.

Arthur lachte. „Wie lange glaubt ihr, werden sie wirklich reden?"

Der Dom schaute auf sein Handy. „Ah, hier kommt deine Beraterin, Arthur."

Die Bürotür öffnete sich erneut und eine andere Frau kam herein. Dieses Mädchen trug eine Jeans und eine Seidenbluse, die bis zu ihrem Hals zugeknöpft war. Ihr blondes Haar war zu einem unordentlichen Dutt zurückgebunden und ihr lockerer Gang ließ es so wirken, als würde sie durch ihr eigenes Haus hüpfen.

Rox blinzelte. Die zwei Frauen hätten nicht unterschiedlicher sein können.

Das strahlende Lächeln der Frau fühlte sich wie Sonnenschein an einem Sommertag an, und sie schaute Arthur direkt an. „Bereit?"

„Oh ja", sagte Arthur und stemmte sich vom Stuhl hoch. „Hallo, Chloe. Ich hatte gehofft, dass du frei sein würdest."

Sie grinste und hielt ihm ihre Hand hin, nicht für ein Händeschütteln, sondern damit er sie hielt. Er griff nach ihrer Hand und sie ging voran, während sie fragte: „Was für einen Film hast du ausgesucht?"

„Wieder eine RomCom", antwortete Arthur, bevor die Tür hinter ihm ins Schloss fiel. „*Liebe und Whiskey.*"

„Das klingt toll! Ich habe auch schon Popcorn vorbereitet."

„Hervorragend."

Rox schaute zu Cash hoch. „Okay, ich habe eine gewisse Ahnung, was Maxence bevorsteht, aber hat Arthur vorhin in einer Art Code gesprochen?"

„Ich glaube nicht", meinte Cash. „Er hat sich im Auto Filmrezensionen angesehen."

„Ich kann mir nicht einmal … Ist auch egal. Ich will es gar nicht wissen." Ihre Stimme klang immer noch zittrig.

Der Dom beobachtete sie wieder. Er tippte etwas auf seinem Handy an. „Casimir, du hast heute die freie Auswahl an Räumen, da Montag ist. Warum schaust du sie dir nicht einmal an, bevor du Rox dorthin entführst, um zu entscheiden, welcher am besten zu euch passt?"

Als sich die Bürotür öffnete, stand Glenda wieder dort und lächelte sie an. Rox wusste nicht, wie sie in ihrem hautengen Kostüm atmen konnte, aber es stand ihr gut. Sie hatte keinerlei Fettpölsterchen.

„Glenda kann dir alle Optionen zeigen", sagte der Dom.

„Ich bin in einer Minute wieder da", sagte Cash zu Rox.

Sie schaute bewusst nicht zum anderen Sofa rüber, wo der Dom saß. „Hältst du das für eine gute Idee?"

„Die Optionen unterscheiden sich teilweise sehr stark", erklärte er. „Ich glaube, ich sollte sie mir ansehen."

„Okay."

„Ich bin gleich wieder zurück." Cash folgte der kleinen Frau, die in Stilettoabsätzen vor ihm lostrippelte. Die Tür schloss sich hinter ihnen, und Rox war mit dem einschüchternden Dom allein.

Sie schaute zu ihm zurück, ihre Augen fühlten sich plötzlich zu groß für ihr Gesicht an.

„Ich wollte allein mit dir sprechen", sagte er. Seine blauen Augen starrten sie wieder an. Wie zuvor waren sie strahlend blau und ihr Blick unglaublich intensiv.

„Oh?", fragte sie, wobei sie versuchte, ihre Stimme vom Zittern abzuhalten.

„Du musst nichts tun, was du nicht willst", sagte er.

„Das weiß ich", erwiderte sie und lehnte sich zurück. Selbst wenn er sich auf sie stürzen sollte, sie war ein Südstaatenmädchen, das sich gegen jeden Mann verteidigen konnte, solange sie nicht völlig überrumpelt wurde. Ihr Atem beschleunigte sich und verängstigte Hitze zog sich über ihr Gesicht.

Der Dom lehnte sich nach vorne, stützte seine Unterarme auf den Knien ab und verschränkte die Hände ineinander. „Ich meine heute Abend, hier, mit Casimir. Du zitterst, seit du das Gebäude betreten hast. Als du dein Glas genommen hast, hat der Wein vibriert, und dann hast du einen großen Schluck davon genommen, wie um dich zu wappnen. Du siehst blass und verängstigt aus. Falls Casimir zu schnell, zu weit geht, kann ich dich hier rausschaffen. Er wird nie erfahren, dass wir darüber gesprochen haben, und er wird auch nicht sauer auf dich sein. Ich werde eine Ausrede erfinden. Das passiert ständig. Es ist nicht ungewöhnlich und auch kein großer Aufwand. Willst du, dass ich das tue?"

Rox' Magen entkrampfte sich. „Nein, es ist alles okay."

„Bist du sicher?", fragte er und schaute sie weiterhin musternd an.

„Ja. Ich bin hier, weil ich hier sein will."

„Wenn du es dir zu irgendeinem Zeitpunkt anders überlegen solltest, sag einfach ‚Das ist nicht mein Ding', und wir schicken sofort jemanden zu dir rein. Kannst du dir das merken?"

Rox atmete schon etwas leichter, als sie wiederholte: „Nicht mein Ding."

„Ganz genau."

„Hört man uns zu?", fragte sie, entsetzt von der Vorstellung.

„Wir haben Sicherheitsvorkehrungen getroffen, um das Wohl aller Beteiligten zu gewähren", erwiderte der Dom, der sich nach hinten zurücklehnte.

„Ich schätze, das ist aus Haftungsgründen nötig." Sie nippte wieder an ihrem Wein.

Sein Lächeln war diesmal weniger eisig. „Wir sind sehr vorsichtig, aber wir müssen uns allen möglichen Haftungsproblemen bewusst sein."

„Das hört sich sehr interessant an", meinte sie, stellte ihr Weinglas auf dem Tisch ab und verschränkte ihre Hände vor sich, die klassische Körperhaltung zum Zuhören. „Es gibt hier sicher auch interessante Vertragsprobleme."

„Ja, die haben wir." Er hob sein Glas. „Du musst natürlich eine Einverständniserklärung unterschreiben."

„Oh, natürlich. Das verstehe ich."

„Casimir war maßgeblich an der Verfassung des

Dokuments beteiligt", sagte er. „Es gab bei der Eröffnung dieses Clubs Probleme, und Casimir hat uns mit der rechtlichen Seite sehr geholfen."

„Er ist ein fantastischer Anwalt."

„Das ist er. Ich lasse ihn immer über meine Verträge schauen und ich würde ihn auch gerne mehr von meinen Verhandlungen übernehmen lassen. Er kann jeden zu allem überreden, selbst wenn dieser Jemand das eigentlich überhaupt nicht will." Er schaute auf sein Handy. „Und hier ist er."

Cash öffnete die Tür, und Rox sah, wie Glenda sich im Flur entfernte. „Ich habe uns ein Zimmer gesichert."

„Okay." Das Zittern begann wieder in Rox' Brust.

„Du kannst danach in meinem Büro vorbeischauen, wenn du magst", bot der Dom ihr an, „für einen Drink oder andere Dinge."

KAPITEL 33
WULF SCHAUT ZU

Der Dom, so nannte er sich sogar selbst, wenn er im Devilhouse war, öffnete die Tür zum Sicherheitszimmer. „Mr. Jackson?"

„Ja, Sir?", antwortete Jeffrey Jackson.

Sein Sicherheitschef saß halb zurückgelehnt in einem großen Bürostuhl vor einer Reihe Monitore. Auf jedem der Bildschirme war in der Weitwinkelperspektive eins der Spielzimmer zu sehen. Da es Montagabend war, waren auf den meisten körnigen Bildern nur unbenutztes Mobiliar und Gerätschaften zu beobachten.

Der Dom betrachtete einen Moment lang die Räume, in denen Arthur und Maxence waren. „Alles klar?"

„Alles wie immer", sagte Jeffrey und deutete dann mit einem kräftigen Finger zu einem anderen Bildschirm. „Die anderen zwei sind gerade reingekommen."

Casimir und Roxanne hatten gerade Spiel-

zimmer Nummer zwei betreten, ein typisches verlies-
ähnliches Zimmer.

Dem Dom fiel die verängstigte Körperhaltung
von Casimirs Freundin auf. „Sie hier macht mir
Sorgen." Er deutete auf den Bildschirm, wo
Roxanne stand und sich selbst umarmte. „Ich habe
ihr gesagt, sie soll ‚nicht mein Ding' als Signal für uns
benutzen. Jemand soll sich vor der Tür bereithalten
und reingehen, sobald er die Worte hört."

Jeffrey hob sein Funkgerät hoch. „Sie glauben,
sie wurde gezwungen, herzukommen?"

„Ich glaube, Casimir könnte jeden zu so gut wie
allem überreden. Ich will, dass sie sicher ist."

„Heute ist nur die Minimalbesetzung hier."

Der Dom hielt inne. „Dann werden wir
ausnahmsweise jemanden von meiner privaten Security dafür abstellen. Ich werde Dieter bitten, sich ein
Funkgerät zu holen."

WAS KOMMT ALS NÄCHSTES?
Hart im Nehmen
von Blair Babylon

Rox hat ein Problem: Was soll eine Karrierefrau tun, wenn sie sich in ihren Freund und Boss verliebt?

Arthur schaute hinter sich zu Maxence, der ruhig und freundlich mit Rox sprach. „Was zur Hölle hast du mit dem armen Mädchen gemacht?"

Casimir steckte eine Hand in seine Hosentasche und schaute zu Boden. „Ich bin innerhalb ihrer festgelegten harten Grenzen geblieben, selbst innerhalb ihrer weichen Grenzen. Aber ich war mir nicht bewusst, dass da noch etwas anderes ist, das sie belastet."

„Solche Spielchen sind nichts für Amateure."

„Ich bin kein Amateur."

„Ich weiß, ich weiß." Arthur wedelte mit einer Hand, um ihm zu bedeuten, dass er nur gescherzt hatte.

Casimir spürte, wie er zappelig wurde, eine nervige Angewohnheit, von der er geglaubt hatte, sie überwunden zu haben. „Können wir den Flugplan für heute Abend noch ändern und nach Las Vegas fliegen?"

Arthur schaute ihn mit scharfem Blick an. „Wieso?"

„Weil ich das einfach tun muss."

Arthur packte ihn an der Schulter. „Ich weiß, dass es dir gerade wie eine gute Idee vorkommt …"

„Du weißt nicht, wie es gewesen ist. Du weißt nicht, was sie gesagt hat."

Hart im Nehmen
von Blair Babylon